SIDNEY SHELDON

TELL ME YOUR DREAMS

この書物の所有者は下記の通りです。

住所	
氏名	

アカデミー出版社からすでに刊行されている
天馬龍行氏による超訳シリーズ

「逃げる男」
「空が落ちる」
「顔」
「女　医」
「陰謀の日」
「神の吹かす風」
「星の輝き」
「天使の自立」
「私は別人」
「明け方の夢」
「血　族」
「真夜中は別の顔」
「時間の砂」
「明日があるなら」
「ゲームの達人」
（以上シドニィ・シェルダン作）

「落雷」
「長い家路」
「最後の特派員」
「つばさ」
「五日間のパリ」
「贈りもの」
「無言の名誉」
「敵　意」
「二つの約束」
「幸せの記憶」
「アクシデント」
（以上ダニエル・スティール作）

「召喚状」
「裏稼業」
（以上ジョン・グリシャム作）

「奇跡を信じて」
（ニコラス・スパークス作）

「何ものも恐れるな」
「生存者」
「インテンシティ」
（以上ディーン・クーンツ作）

よく見る夢（上）

作・シドニィ・シェルダン
超訳・天馬龍行

BOOK ONE

第一章

彼女は何者かにつけられていた。

〝ストーカー〟のことはいっときの話題になったし、なにかの記事で読んだこともあった。

〈そんなの、わたしとは無縁だわ。すさんだ世界に生きる人たちの出来事よ〉

彼女はそう思って深刻に受けとめたことはなかった。しかし、ここにきて、彼女自身の周辺が怪しくなっていた。

それがだれなのか、心あたりもなければ、見当もつかなかった。パニックにならないよう彼女は必死に自分を勇気づけた。だが、最近は悪夢にうなされて睡眠もままならなくなっていた。朝は目覚めと同時にかならず暗い気分に引きこまれる。

〈わたしの被害妄想かも〉

彼女、つまりアシュレー・パターソンはそう思うことにした。

〈仕事のしすぎなんだわ。少し休暇でもとろうかしら〉

アシュレーはふりむいて鏡に映る自分をあらためて見た。いかにも二十代後半らしい成熟した女性の姿がそこにあった。きちんとした着こなし。ほっそりした体形。上品な顔かたち。知的で不安げな茶色い目。落ちついた優雅さと、内に秘めた魅力。肩まで届く黒髪。

〈わたしって冴えない〉

アシュレーは鏡のなかの自分を見つめながら卑下した。

〈やせすぎだわ。これからもっと食べなきゃ〉

彼女はキッチンへ行き、朝食をつくりはじめた。最近起きている怖いことは忘れるようにして、オムレツが失敗しないよう、料理に意識を集中した。コーヒーメーカーのスイッチを入れ、トースターにパンをひと切れほうりこんだ。

十分後、すべての用意ができた。アシュレーは料理の皿をテーブルの上に置き、いすに座り、フォークをとりあげ、しばらくオムレツを見つめた。それから急に首をふって、フォークを皿の上に置いた。

やはりだめだった。今朝も恐怖で食欲がなえてしまっていた。

〈もう、こんなのいや！〉

腹が立っても、怒りのもって行き場がなかった。

〈だれだか知らないけど、わたしをこんな目にあわす人間が許せない！〉

アシュレーは腕の時計を見た。仕事に出かける時間だ。見慣れた自分のアパートをぐるっと見まわしたのは、なにか安心できるものを求めてだった。家具付きのきれいなアパートである。カミノ広場に面した建物の三階にある。居間と、寝室と、書斎と、バスルームと、キッチンと、客用の手洗いがそなわっている。

彼女はカリフォルニアのここ、クパチーノに移り住んで三年になる。つい二週間前までは、そこを、居心地のいい巣であり天国だと信じていた。しかし、いまは要塞に変わっていた。彼女を傷つけようとする者を寄せつけないための砦である。アシュレーは玄関へ行き、ドアの錠を調べてみた。

〈内鍵をつけよう〉

彼女はそう決めた。

〈明日、さっそくつけてもらおう〉

室内の照明を消し、ドアの施錠を確認してから、彼女はエレベーターに乗り、地下の駐車場へむかった。

駐車場にはだれもいなかった。彼女の車はエレベーターから六、七メートル離れたところに止めてある。アシュレーは周囲を見まわしてから、車にむかって走った。中にすべりこむと、すぐにドアロックをかけた。胸がドキドキと鳴っていた。

空は暗くて陰気だった。天気予報は雨になるだろうと告げていた。繁華街にある仕事場にむかって車を走らせながら彼女は思った。

〈雨なんか降らないわ。きっと晴れるわよ。神さま、賭けをしましょう。もし雨が降らなかったら、わたしの勝ち。そのときは、すべてがわたしの妄想で、じつは怖いことなんてなにもなかったんだということにしてください〉


十分後、アシュレー・パターソンはクパチーノの繁華街を通過していた。ちょっと前まで山あいのうら寂しい街だったところが、あっというまに現在のにぎわいを呈するに至った奇跡に、彼女はいまだに畏敬の念をいだいている。サンフランシスコから八十キロのここサンタクララ渓谷こそ〝コンピューター革命〟発祥の地であり、その通称名〝シリコンバレー〟がこの地の発展理由をよく表わしている。

アシュレーが就職した会社、グローバル・コンピューター・グラフィックス社はシリコンバレーのなかでも急成長してきた企業のひとつで、現在の従業員数は二百人である。

シルベラード通りに入ったところで、アシュレーは急に落ちつかなくなった。だれかにつけられていると本能的に分かったからだ。

〈でもだれが？　どうしてなの⁉〉

バックミラーをのぞいてみたが、すべては正常に見えた。

だが、彼女の第六感は〝違う〟と言っていた。

目のまえにそびえる近代ビルのなかに彼女が勤めるグローバル・コンピューター・グラフィックス社がある。アシュレーは駐車場入り口に車を乗り入れた。守衛に身分証明書を見せ、車を駐車スペースに止めたところでようやくホッとできた。

神さまとの賭けを思いだしたアシュレーは、入り口から見える空にふと目をやった。雨が降りだしていた。彼女の負けだ。

午前九時、グローバル・コンピューター・グラフィックス社はすでに活動のまっただ中にあった。作業ブースが八十もあり、どのブースでも、働いているのはみな若い技術者たちだ。彼らはキーボードをたたき、マウスを操りながら、新しい会社のロゴをつくったり、レコード会社や出版社に依頼された表紙絵や雑誌用のイラストを組みあげている。フロアは経営管理部と、営業部と、マーケティング部、技術部に区分けされている。全体的な雰囲気はカジュアルである。どの従業員もジーンズをはいたり、タンクトップやセーターを着たりして、かしこまったスーツ姿は見あたらない。

アシュレーは自分の机に歩み寄った。彼女の上役のシェーン・ミラーが近寄ってきた。

「おはよう、アシュレー」

太っちょのシェーン・ミラーは三十代になったばかりの仕事熱心で明るい性格の男だ。はじめのころは肉体関係をアシュレーに迫っていた彼だが、やがて見込みないと分かると、すっかりあきらめて、いまは彼女のよき相談相手になっている。

その彼がアシュレーに『タイム』誌の最新号を差しだした。

「これ読んだだ?」

アシュレーは表紙に目をやった。シルバーヘアの貫録のある五十代の男性の顔が載っていた。写真説明には〝ミニ心臓手術の父、スティーブン・パターソン〟とあった。

「ええ、読んだわ」

「有名人を父親に持つってどんな気分だい？」

アシュレーはにっこりした。

「すてきな気分よ」

「きみのお父さんて偉い人なんだね」

「あなたがそう言ってたって父に伝えておくわ。今日一緒に昼食をとるから」

「それはよかった。ところで……」

シェーン・ミラーは映画スターの写真をとりだしてアシュレーに見せた。クライアントの広告に使う予定のスターだ。

「問題だよ。デジリーは五キロも体重が増えて写真でもそれが丸見えだ。この目の下のクマを見てやってくれ。メーキャップしても肌荒れは隠せない。これでもなんとかなると思うかい？」

アシュレーは写真を見つめた。

「目のまわりはぼかしフィルターでごまかせると思う。変形ツールで顔も少しは細くできるわ。でも——やはりだめかしらね。いじりすぎると不自然になってしまうし……」

彼女はもう一度写真をよく見た。

「エアブラシかクローンツールを使うしかないでしょうね」

「ありがとう。土曜日の夜は大丈夫だね？」

「ええ」

シェーン・ミラーは写真にむかってうなずいた。

「じつはこれは急ぎじゃないんだ。締め切りは先月だったんだから」

アシュレーは笑った。

「なあんだ。月遅れの話なんてしないでよ」


アシュレーは仕事をはじめた。彼女の専門は広告制作である。イメージを打ち立て、コピーを書き、グラフィックデザインまでひとりでやる。彼女はそのエキスパートだ。

三十分後、写真を画像処理していたとき、だれかに見つめられているのに気づいて彼女は顔をあげた。そこにいたのはデニス・ティブルだった。

「おはよう、ハニー」

彼の声を聞くとアシュレーはいつもゾッとする。ティブルは会社が誇るコンピューターの天才だ。彼のあだ名〝解決屋〟を社内で知らない者はいない。コンピューターがストップすると、ティブルが駆けつける。三十代の半ば、やせていて、はげ頭で、尊大な態度。彼はなにごとにも凝り性で、目下はアシュレーに凝っている、というのが社内での評判である。

「なにか困ったことは？」

「いいえ、けっこうです」

「ああ、それから、今度の土曜日の夜、夕食でもどう？」

「ありがとう。でも、ごめんなさい。わたし、忙しいの」

「またボスと出かけるんだな？」

アシュレーはムッとなって顔をあげた。

「悪いけど、あなたに関係――」

「ヤツのどこがいいのか知らないけど、あいつは頭の堅い俗物だぜ。おれとならもっと楽しくやれるのに」

ティブルはウインクした。

「おれの言う意味が分かるだろ？」

アシュレーは怒りをこらえて言った。

「わたし、仕事があるの、デニス」

ティブルはかがむと、彼女に顔を近づけてささやいた。

「おれのことはいずれ分かってくれるさ。きみを絶対にあきらめないからな。絶対にだぞ」

アシュレーは立ち去っていくティブルのうしろ姿をにらみながら思った。

〈あいつかしら？〉

十二時三十分。アシュレーはコンピューターをサスペンドモードにして、父親と約束しているレストラン《マルゲリータ・ディ・ローマ》へむかった。


アシュレーは満席のレストランの奥のテーブルに着き、近づいてくる父親の姿を見つめていた。父親が好男子であることは認めざるをえなかった。アシュレーのテーブルに歩み寄る彼の様子を、周囲の客たちがふり返って見ていた。

〈〝有名人を父親に持つって、どんな気分だい？〟〉

スティーブン・パターソン博士が心臓外科手術に新手法を開発してからすでに数年がたつ。そのあいだ、彼は世界中の医療機関から招かれ、新しい手術法についての講演を行なってきた。アシュレーの母親は、彼女が十二歳のときに他界した。だから、いまは親一人子一人の二人である。

「遅れてごめん、アシュレー」

父親は身をかがめて娘のほおにキスした。

「いいのよ、わたしも着いたばかりだから」

パターソンはいすに腰をおろした。

「タイム・マガジンを見たかい？」

「ええ。シェーンもその話をしていたわ」

父親は顔をしかめた。

「シェーンだって？　おまえの会社の社長がか？」

「彼は社長じゃないわ。彼は、そのう――会社の幹部のひとりよ」

「仕事と遊びを混同するヤツなんて、ろくな男じゃないぞ、アシュレー。まだつき合ってるんだな？　それは大間違いだ！」

「お父さん、わたしたちはただのいいお友達――」

ウエイターがテーブルにやってきた。

「メニューをごらんになりますか？」

パターソン博士はウエイターに顔をむけてぴしゃりと言った。

「いま話し中だというのが分からないのか！　呼ばれるまで来なくていい」

「す、すみませんでした」

ウエイターはびっくりして退散した。

アシュレーは、父親が短気で手が早いのを思いだして暗い気持ちになった。彼は手術中に判断ミスをしたインターンを殴ったこともあった。彼女が子供のとき、父と母はよく怒鳴り合いのけんかをしていた。

けんかの原因はいつも同じだったが、それが何なのか、アシュレーはいくら思いだそうとしても思いだせなかった。彼女は自分で記憶のドアを閉ざしているのだ。

父親はかまわずに話をつづけた。

「どこまで話したっけ？　ああ、そうだ。シェーン・ミラーとつき合うのは間違いだという話のところまでだ。大間違いだぞ！」

父親の言葉を聞いて、アシュレーは別の恐ろしい出来事を思いだした。

彼女は父親が言うのを聞いていた。

「……ジム・クリーリーとつき合うのは間違いだぞ。大間違いだ……」

あのとき、アシュレーは十八歳になったばかりだった。生まれ育ったペンシルベニア州ベッドフォードに住んでいたジム・クリーリーは、ベッドフォード・ハイスクール一の人気者だった。アメフトのスター選手で、ハンサムで、おもしろくて、笑顔がたまらなくすてきな男の子だった。学校中の女の子が彼と寝たがっているように当時のアシュレーには思えた。〈実際、たいがいの子はもう寝ているのかもね〉

彼女は悲観してそう思ったものである。

やがてジム・クリーリーに誘われるようになると、わたしは絶対に寝たりなんかしないわ、とアシュレーは何度も自分に誓った。どうせセックスが目的なんでしょ、と思っていたからだ。しかし、ときがたつにつれ、彼女の考えは変わった。ジム・クリーリーと一緒にいると本当に楽しかったし、彼も純粋にアシュレーのことを好いているようだった。

その年の冬、最上級生はウイークエンドのスキーツアーに出かけることになった。ジム・クリーリーはスキーが大好きだった。

「スキーって、おもしろいぜ」

ジムは請けあった。

「でも、わたしは参加しないわ」

ジムはびっくりした。

「なぜだい？」

「わたし、寒いところって嫌いなの。手袋をしても指がかじかんじゃうんだもの」

「滑りだしたら汗びっしょりかいて寒さなんて忘れちゃうさ。とにかく、おもしろいんだってば――」

「それでもわたし行かない」

ジムはやむなくベッドフォードにとどまり、彼女と一緒にすごすことにした。

ふたりはなにかにつけて気が合った。興味も理想も共通するところが多く、おたがい一緒にいてとても楽しかった。

ある日、ジム・クリーリーが彼女に言った。

「今朝、ある人に訊《き》かれたんだ。きみはおれのガールフレンドなのかって。なんて答えたらいい？」

それに対してアシュレーはにっこりして言った。

「〝イエス〟って言って」


パターソン博士は心配でならなかった。

「クリーリーっていうガキと仲よくしすぎるぞ」

「お父さん、彼はガキなんかじゃないわ。わたしは彼を愛しているの」

「愛している？　どうしてそんなとんでもないことが言えるんだ。あいつは単にアメフトがうまいだけじゃないか。おまえをアメフト野郎と結婚させるわけにはいかない。もっとふさわしい男じゃないとな」

父親は、彼女がつき合うすべての男の子に対して同じ評価を下した。

そして、ジム・クリーリーにはとくに厳しかった。

怒りの爆発はハイスクールの卒業式の日にやってきた。ジム・クリーリーは彼女を夜の卒業パーティーに連れだすことになっていた。彼が迎えにきたとき、彼女はしくしくと泣いていた。

「どうしたんだい？　なにがあったんだ？」

「お、お父さんがわたしのことをロンドンへ連れていくんですって。わたしをむこうの大学に——入学させる手続きを勝手にしてしまったの」

ジム・クリーリーはびっくりして彼女を見つめた。

「きみのお父さんは、おれたちの仲をじゃまするためにやったんじゃないのか？」

アシュレーは情けなさそうにうなずいた。

「いつ出発するんだい？」

「明日なの」

「だめだよ、そんなの、アシュレー。お願いだからそんなことしないでくれ。おれはきみと結婚したいんだ。シカゴにいる叔父が広告代理店の仕事を紹介してくれたんだよ。だから生活は大丈夫だ……駆け落ちしよう……明日の朝、駅で落ち合おう。シカゴ行きが七時にある。来てくれるだろ?」

アシュレーはしばらくボーイフレンドの顔を見つめていた。が、やがてひと言小さな声で言った。

「ええ」

あとでいくらそのときのことを考えてみても、アシュレーは、その夜の卒業パーティーでなにがあってなにをしたのかまったく思いだせない。彼女とジムはパーティーのあいだじゅう駆け落ちの計画について胸躍らせて話しあっていたのだ。

「どうして飛行機じゃだめなの?」

アシュレーが訊いた。

「飛行機だと名前を登録しなきゃいけないんだ。列車だったら、おれたちがどこへ行こうとだれにも分からないさ」

ふたり一緒にパーティーを去るとき、ジム・クリーリーが彼女の耳もとでささやいた。

「うちにちょっと寄っていかないか？　家族はみんなウイークエンドで外出しているんだ」

アシュレーはどうしようか迷った。

「ジム……いままでこんなに長くがまんしてきたんだから、あと二、三日くらい待てるでしょ？」

「そうだね」

ジムはにっこりした。

「バージンと結婚する男なんて、この広いアメリカ大陸でもおれぐらいだろうな」


ジム・クリーリーがアシュレーを送って彼女の家に着くと、パターソン博士は頭に血をのぼらせて待っていた。

「いま何時だと思ってるんだ！」

「すみませんでした、パーティーが——」

「変な言いわけはするな、クリーリー！　おまえがからかっている相手をだれだと思っているんだ!?」

「ぼくはべつにからかってなんて――」

「うちの娘にこんりんざい手を触れるな！　分かったか？」

「お父さん――」

「おまえは黙ってろ！」

パターソンは怒鳴った。

「手を引くんだ、クリーリー。うちにも近寄るな」

「あのう――お嬢さんとぼくは――」

「ジム――」

「おまえは自分の部屋に入ってろ」

「あのう、パターソンさん――」

「もう一度うちのまわりをうろついてみろ、おまえの体中の骨をへし折ってやるぞ」

こんなにとり乱している父親を見るのはアシュレーもはじめてだった。その夜は全員のわめきあいで終わった。ジムも怒って帰ってしまい、アシュレーは泣き崩れた。

〈お父さんのしていることはあんまりだわ〉

アシュレーはひとりで決意を固めた。

〈これでは、わたしの人生が台なしにされてしまう〉

彼女はベッドに腰かけて考えつづけた。

〈ジムはわたしの未来よ。彼と一緒にいよう。もうここはわたしの家じゃない〉

彼女は立ちあがり、小さなスーツケースに身のまわりのものを詰めこんだ。三十分後、家の裏口から抜けだすと、十ブロックほど離れたジム・クリーリーの家へむかって駆けだした。

〈今夜は彼と一緒にすごそう。そして、朝の列車に乗ってシカゴへ行くんだ〉

彼の家に近づくにつれ、アシュレーの決心はぐらついた。

〈でも——やけっぱちな行動はとらないほうがいいわ。すべてが台なしになるかもしれないし。やはり彼とは約束どおり明日の朝駅で会おう〉

アシュレーはくるりとむきを変え、家に戻りはじめた。


その夜、アシュレーは寝ずにこれからのことを考えた。ジムとふたりで力を合わせればなんとかやって行けそうだし、なによりも、幸せですてきな人生が送れそうだった。

五時半に、彼女はスーツケースを持ちあげ、父親の寝室のまえを音をたてずに通りぬけた。家を抜けだすと、バスに乗って駅へむかった。

駅に着いたとき、ジムはまだ来ていなかった。彼女は約束の時間よりも早く着いていた。

列車の発車予定まであと一時間もあった。アシュレーは駅のベンチに座り、今か今かと首を長くして彼の到着を待った。父親のことがアシュレーの頭をかすめた。父親が目を覚まして、彼女がいないのを知ったら、どんなに怒るだろう。

〈でも、これはわたしの人生なんだから、お父さんに干渉されながら生きるわけにはいかない。ジムとわたしが幸せになれば、お父さんもきっといつか分かってくれるでしょう。六時半……六時四十分……六時四十五分……パニック……六時五十分……〉

ジムの姿はまだ見えない。アシュレーはパニックになりはじめていた。なにが起きたのだろう？　アシュレーはとりあえず彼に電話してみることにした。呼び出し鈴に応答はなかった。

〈六時五十五分……もう来てもいいはずなのに〉

列車の近づいてくる音が聞こえてきた。腕の時計を見ると六時五十九分だった。列車がホームに入ってきた。アシュレーは立ちあがると、半狂乱になって周囲をぐるぐる見まわした。

〈なにか恐ろしいことが彼に起きたんだわ。交通事故かしら？　ジムはもしかしたら病院にいるのかもしれない〉

数分後、アシュレーは、列車がシカゴにむかって走り去るのを見送った。列車は彼女の夢だけを乗せて行ってしまった。アシュレーはそれから三十分も駅の中でもたもたして、そのあいだ何度かジムに電話した。応答がないと分かると、彼女は重い足を引きずってそろそろと駅を出た。

その日の正午。彼女はロンドン行きの飛行機に乗せられていた。父親も一緒だった。


ロンドンの大学で二年間学んだあと、アシュレーはコンピューター関連の道に進もうと決心して、カリフォルニア大学サンタクルーズ校の女性技術者養成のための名高い奨学金資金〝MEIウォン奨学金〟を申しこんだ。入学願いは許可された。そして三年後、グローバル・コンピューター・グラフィックス社に採用されたというわけである。

最初、アシュレーは何度もジム宛ての手紙を書いた。計六通にも達した。だが、彼女はそのうちの一通も投函しなかった。手紙は書くたびに破り捨てた。待ちぼうけを食わせてくれた彼の態度と、その後の沈黙が、彼のアシュレーに対する気持ちをはっきりと物語っていた。


父親の声を聞いて、アシュレーはハッとわれに返った。

「そんなにボーッとして、いったいなにを考えているんだ？」

アシュレーはテーブル越しに父親の様子を観察した。

「いいえ、べつになにも」

パターソン博士は合図してウエイターを呼ぶと、さっきとは打って変わってにこやかに言った。

「メニューを見せてくれるかな？」


アシュレーは事務所に戻ってはじめて気がついた。『タイム』誌の件で父親に「おめでとう」を言うのを忘れたことを。

自分の机に歩み寄ると、デニス・ティブルが待ちかまえていた。

「おやじさんと昼食だったんだって？」

〈地獄耳のいやなヤツ。会社内のことをなんでも知りたがって〉

「ええ、そうよ」

「それじゃ、つまらないいんじゃない？」

彼は声をひそめた。

「今度はおれと一緒にランチを食おうよ」

「デニス……わたし、言ったはずよ。興味がないの」

デニス・ティブルはにやりとした。

「そのうち気が変わるさ。見ていな」

彼の声にも態度にも気味悪いものがあった。怖ささえ感じられた。彼がそうなのかしら、と彼女はデニスとストーカーを結びつけた……が、すぐに首を横にふった。

〈いや、それはわたしの妄想でしょう〉

彼女はデニス・ティブルを頭から払いのけて仕事にとりかかった。


帰り道、アシュレーは《アップルツリー》書店のまん前に車を止めた。店内に入る前に、ウインドーのガラスを鏡にして、うしろにだれか知っている顔はないか確認した。怪しそうな人影はなかった。彼女が店のなかに入ると、若い店員が声をかけてきた。

「いらっしゃいませ。なにかお探しでしょうか？」

「ええ、わたし――そのう――〝ストーカー〟についての本がほしいんですけど」

店員は好奇の目で彼女を見た。

「〝ストーカー〟？」

アシュレーは自分がバカみたいに思えて、あわててつけ加えた。

「ああ、それから、庭づくりの本と——それと、アフリカの野生動物の本がほしいんですけど」

「〝ストーカー〟と〝庭づくり〟と〝アフリカの野生動物〟の本ですね？」

「ええ、そうなんです」

彼女は大きくうなずいた。

〈わたしだって、いつか庭づくりもするだろうし、アフリカへ行くこともあるでしょう〉


アシュレーが車に戻ったとき、空から冷たいしずくがパラパラと落ちてきた。雨はすぐに本降りになった。走る彼女の車のフロントガラスに雨が音をたててたたきつけ、目のまえの街の景色が超現実派の画家が描いた点描画のように見えだした。勢いよく左右に動くワイパーがキーキーと鳴ってうるさかった。

〝おまえは殺《や》られる……おまえは殺られる……おまえは殺られる……〟

彼女の耳にはワイパーがそう言っているように聞こえた。アシュレーはたまらずにワイパーのスイッチを切って自分に言い聞かせた。

〈〝そんなのうそ……そんなのうそ……そんなのうそ……〟そう言っているんだわ〉
雨が激しいので、彼女はスイッチを入れ直した。
〝おまえは殺られる……おまえは殺られる……おまえは殺られる……〟

アシュレーは地下のガレージに駐車し終えると、エレベーターのボタンを押した。そのあとは、いつもどおり、自分の部屋にむかって歩いていた。ドアのまえに着いてキーを鍵穴に差しこみ、ドアを開けた。
彼女はそこで凍りついた。すべての照明がともり、家中がまぶしいほど明るかった。

第二章

桑《くわ》の藪《やぶ》のそこいらじゅうで
サルがイタチを追いかける
サルはとても楽しそう
ほうら、イタチが逃げていく
ポップ　ゴー　ザ　ウィーゼル

自分がなぜこの幼稚な歌を口ずさみたくなるのか、トーニ・プレスコットはその理由がはっきり分かっていた。母親がいやがるからだ。

〈〃その幼稚な歌、やめてちょうだい。聞こえたの、トーニ？　どうせあんたは声が悪いんだから〃〉

〈〃はい分かりました、お母さん〃〉

そう言ってからも、トーニは口のなかで歌いつづけた。何度も何度も同じ歌を。

もうずっと昔のことだが、母親にさからって歌ったことを思いだすと、彼女はいまでも胸がスーッとする。

トーニ・プレスコットは仕事がいやでたまらなかった。彼女の職場はアシュレーと同じ、グローバル・コンピューター・グラフィックス社だ。陽気でいたずら好きで大胆な彼女は、内気なところもあるが、かなりの激情家である。顔の輪郭はいかにもいたずら好きそうなハート形で、目もいたずら好きらしく〃茶目〃である。スタイルのよさは人をふり返らせるほどだ。ロンドン生まれだから、きれいな英国アクセントで話す。スポーツウーマンでもある。彼女がとくに好きなのはウインタースポーツだ。スキーと、ボブスレーと、アイススケートに秀でている。

ロンドンにいたときは、学校へは地味な服装で行き、夜が来るとそれとは正反対の格好、つまり、超ミニのスカートとド派手なディスコ装束に身を固めて繁華街をぶらつくのが常だった。彼女が時間をすごしたところはだいたいカムデン通りの《エレクトリック・ボールルーム》や、《サブテラニア》や、《レオパード・ラウンジ》あたりである。そこへ行けば、当時トレンディーだったウエストエンド人種と交われたからだ。彼女は情熱的で官能的な声の持ち主だった。クラブでときどき気が乗ると、ピアノに歩み寄り、弾き語りもした。そのたびに拍手喝采を浴びた。彼女がいちばん〝生きている〟と感じる瞬間だった。

クラブでのふれあいのパターンは決まっていた。

「あなたはすばらしい歌手だ」

「ありがとう」

「一杯おごらせてくれないか?」

「じゃあ、ピムズをいただこうかしら」

「よろこんで」

結末も決まっていた。相手は顔を近づけて彼女の耳もとでささやく。

「おれの部屋にあがって、ちょっと一杯やっていかないか？」

「パスするわ」

トーニはそう言ってひとりで帰る。彼女は自分のアパートのベッドで横になりながらいつも思う。男って、なんて愚かで扱いやすいのだろう、と。男たちはそれに気づいていないばかりか、操られることを望んでいる。

〈きっと操られるのが好きなんでしょう〉


彼女の活動の場所は、艶《あで》やかな夜のロンドンから、アメリカの谷間の街、クパチーノに移った。最初のころの生活は災難そのものだった。トーニはクパチーノが大嫌いだった。ついでにグローバル・コンピューター・グラフィックス社も、そこでの仕事もさげすんだ。キーボードをたたく音、ピッピッと鳴るコンピューターの音がたいくつでやりきれなかった。あの生き生きしたロンドンの夜が懐かしくてたまらなかった。クパチーノにも夜のスポットは何軒かあった。《サンノゼ・ライブ》とか《PJマリガンズ》とか《ハリウッド・ジャンクション》などである。彼女は腰にぴったりのミニスカートをはき、タンクトップと、五インチヒールのサンダルか、コルク底のプラットホームシューズ姿でナイトクラブに出かける。ケバさも半端ではない。アイラインを太く黒々と描き、つけまつげ、カラーのアイシャドー、派手な口紅。まるで自分の美しさを隠そうとしているかのようにあらゆる化粧品を塗りたくる。

週末になると、夜のアクションが本格的なサンフランシスコへ遠出する。彼女が出没するのはミュージックバーを備えている店と決まっていた。《ハリー・デントンズ》とか《ワン・マーケット・レストラン》とか《カリフォルニア・カフェ》といったところである。夜、店がにぎわっているとき、店のミュージシャンたちが休憩をとるのを待って、トーニはピアノのところへ行き、弾き語りをはじめる。客たちには大受けする。トーニが自分の分の勘定を払おうとすると、店のオーナーはたいがいこう言ってくれる。

「いえ、いいんです。今夜の分は店のおごりにさせてください。すばらしい声ですね。どうぞまた来て歌ってください」

〈いまの言葉聞いた、お母さん？　〝すばらしい声〟だって。〝また来て歌ってください〟だって〉

土曜日の夜、トーニはいつものようにサンフランシスコに来ていた。今夜の場所はクリフ・ホテルの《フレンチルーム》だ。ミュージシャンたちが何度めかのステージを終えてバンドスタンドを立ち去っていく。ボーイ長がトーニに目で合図する。

トーニは立ちあがり、テーブルのあいだを歩いてピアノに近寄る。いすに座ると歌いだす。曲はコール・ポーターの初期のもの。歌い終えるや、拍手喝采に包まれる。それからつづけざまに二、三曲歌い、自分のテーブルに戻る。

「失礼ですが、ご一緒してよろしいですか?」

頭の禿げあがった中年の男が彼女のところに歩み寄って言った。

トーニが断わろうとしたとき、男がさらに言った。

「わたしの名前はノーマン・ジンマーマンです。『王様と私』の舞台をプロデュースしている者です。その件でちょっとお話ししたいのですが」

トーニは彼を礼賛する記事を読んだばかりだった。それによれば、彼は演出の天才とのことだった。

ジンマーマンはいすに腰をおろした。

「あなたの才能は大変なものです。こんなところで時間をつぶしているのはもったいない。ブロードウェーに出るべきです」

〈お母さん、聞いたでしょ？　〝ブロードウェー〟ですって〉

「あなたをオーディションしてみたいんですが――」

「ごめんなさい。わたし……そんな……できません」

ジンマーマンは目を丸くして彼女を見つめた。

「あなたにとってまたとないチャンスになるはずですけど。まじめな話です。自分がどんなに才能に恵まれているか、当のあなたが気づいていないんじゃないかな」

「わたしには仕事があるんです」

「どんなお仕事か聞いてもいいですか？」

「コンピューターの会社に勤めています」

「では、これでどうですか？　とりあえずわたしが、いまあなたがもらっている給料の倍額を差し上げますから、それでスタートしてみては？」

トーニはかたくなだった。

「けっこうなお話ですけど、でもやはり……わたしにはできません」

ジンマーマンはいすに反り返った。

「あなたはショービジネスがお嫌いなんですか？」

「いいえ、そういうわけじゃありません。とても興味があります」

「では、なにが問題なんですか？」

トーニはためらいがちに言葉を選びながら言った。

「おそらく、公演の途中で辞めなければならなくなると思うからです」

「ご主人かなにかの都合で？」

「いいえ、わたしは独身です」

「よく分かりませんな。ショービジネスに興味がおありなんでしょ？　だったら、あなたにとってこんなチャンスは――」

「ごめんなさい。ほかの人には説明できないことなんです」

〈いくら説明しても、分かってもらえないわ〉

そう思うときのトーニはいつも自分がみじめになる。

〈これはだれにも理解できないこと。生きているかぎり、わたしが背負いつづけなければならない呪いなの〉

グローバル・コンピューター・グラフィックス社で働きはじめてから数カ月して、トーニはインターネットなる新しいコミュニケーション手段が急速に普及していることを知った。世界のすみずみに通じるこのドアを使って異性と知り合うこともできるとは驚きだった。

その日トーニは《デューク・オブ・エジンバラ》でキャシー・ヒーリーと夕食をとっていた。キャシーは、ライバルと目される別のコンピューター会社で働いている彼女の友人である。《デューク・オブ・エジンバラ》は由緒ある英国のパブを解体して、それをそっくりカリフォルニアに運んできて組み立てなおしたレストランだ。トーニはよくこの店に来て、英国料理の代表であるフィッシュ・アンド・チップスや、ヨークシャー・プディングが添えてあるローストビーフを食べる。そしてそのたびに思う。

〈こうして片足だけでも地に着けて、自分のルーツを忘れないようにしよう〉

トーニは目をあげてキャシーを見た。

「お願いがあるの。聞いてくれる？」

「なあに？　言ってみて」

「インターネットについて、いろいろ教えてほしいの。その使い方なんかをね」

「それはむずかしいわ、トーニ。わたしがアクセスできるコンピューターはいま会社で使っているもので、私用で使うことは会社の方針で――」

「会社の規則なんてくそ食らえよ。あなたはインターネットのやり方を知ってるんでしょ？」

「知ってるわよ」

トーニは友人の手をポンポンとたたいてにっこりした。

「それでいいのよ」

つぎの日の夕方、トーニは友人のオフィスに押しかけた。これで問題は解消した。キャシーはインターネットの世界をトーニにデモンストレートして見せた。インターネットのアイコンをクリックしてパスワードを入力する。接続を待ち、さらに別のアイコンをダブルクリックするとチャットルームに入る。世界中の人々が文字で交わす会話をトーニは驚きの目で見守った。

「わたしも自分でやりたい」

トーニは言った。

「わたしのアパートにも一台置こう。インターネットができるよう、あなた手配してくれる？」

「おやすいご用よ。マウスを動かしてURLをクリックすればいいだけよ。そして――」

「歌の文句じゃないけど、〝わたしに話すよりも、やってみせて〟」

つぎの日の夜、トーニはもうインターネットで会話していた。彼女の人生が変わったのはそのときからである。毎日たいくつすることもなくなった。インターネットは彼女を世界中に運んでくれる魔法のじゅうたんになった。仕事から家に戻ると、彼女はすぐコンピューターのスイッチを入れ、さまざまなチャットルームをのぞいてみる。

やり方は実に簡単である。インターネットに接続してからキーを押すと、上段下段に分かれたスクリーン上にウインドーが開け、そこに文字を打ちこんで呼びかける。

〝こんにちは。だれかいますか？〟

スクリーン上の下部に文字が映しだされる。

〝ぼくはボブ。あなたを待っていました〟

この瞬間に彼女は世界とむかいあう。

オランダにハンスという男がいた。

〝あなたのことを話してちょうだい、ハンス〟

〝ぼくはアムステルダムにある一流クラブのＤＪさ。ヒップホップ、レイヴ、ワールドビート、なんでもござれだ〟

トーニはキーを打って応えた。

〝おもしろそうね。わたしもダンスが大好きなの。ひと晩中でも踊っていられるわ。でも、わたしが住んでいるここは寂しい田舎町で、二、三軒のディスコ以外はなにもないのよ〟

〝それは悲しいね〟

〝泣けてくるわ〟

〝きみをなぐさめたい。会うにはどうしたらいいだろう？〟

〝ご親切にありがとう〟

彼女はそう応えただけで、チャットルームから抜けだした。


南アフリカにはポールという男がいた。

〝ぼくはきみが戻ってくるのを待っていました、トーニ〟

〝わたしはちゃんとここにいますよ。あなたのことがとても知りたいの、ポール〟

〝ぼくは三十二歳。ヨハネスブルクの病院に勤務する医師です。ぼくは――〟

トーニは怒ってチャットルームから抜けた。

〈医者だって！〉

恐ろしい記憶が彼女の頭によみがえっていた。トーニは目を閉じてしばらく気を落ちつかせた。心臓がドキドキと鳴っていた。深呼吸を二、三回した。そして、ぶるぶると震えながら思った。

〈今夜はもうできない〉

彼女はそれからすぐベッドに入った。

つぎの夜も、トーニはインターネットで会話していた。相手はダブリンのショーンだった。

〝トーニって、かわいらしい名前だね〟

〝ありがとう、ショーン〟

〝アイルランドに来たことはある？〟

〝いいえ、ないわ〟

〝かならず好きになるさ。妖精が棲む不思議の国だ。きみはどんな人なの、トーニ？　きっと美人なんだろうね〟

〝ええ、そのとおりよ。わたしは美しいわ。みんなからすぐ追いかけられるもの。それに、わたしは独身よ。あなたはなにをしている人なの、ショーン？〟

〝ぼくはバーテンダーで――〟
トーニはそこでチャットセッションを終わりにした。

相手は夜ごとに変わった。アルゼンチンのポロ選手もいたし、日本の自動車セールスマンもいた。シカゴのデパート店員に、ニューヨークのテレビ修理工。インターネットは謎に満ちたゲームである。

トーニは心行くまでゲームを楽しむ。好き勝手なことが言え、好きなときに抜けだせる。しかし、どんな場合も彼女自身は安全である。なぜなら、いつでも好きなときに抜けだせるし、自分の所在を明かさなくてすむからだ。

それがある夜、チャットルームでジャン・クロード・パロンと出会った。

〝ボンソワール。お会いできてうれしいです、トーニ〟

〝こちらこそ、ジャン・クロード。あなたはいまどこにいるんですか?〟

〝カナダのケベックシティーです〟

〝わたしケベックには行ったことないんだけど、いいところ? わたしも気に入るかしら?〟

トーニは当然〝イエス〟が返ってくるものと思っていた。

そのかわりにジャン・クロードが打った文字はこうだった。

〝さあ、それはどうかな。気に入るか気に入らないかは、あなたがどういう種類の人間かによりますね〟

トーニは相手の応え方にちょっと気を引かれた。

〝へえ、そうなの？　じゃあ、わたしがどんな種類の人間ならケベックが好きになれるの？〟

〝ケベックは初期の開拓精神がまだ残っているところです。とてもフランス的で、ケベック州の住民は独立心が旺盛です。だれから命令されるのも好みません〟

トーニは文字を打った。

〝わたしも同じよ〟

〝だったらあなたにとっては楽しいところでしょう。ケベックシティーはとても美しい都会です。山や美しい湖に囲まれています。釣りや狩猟の天国です〟

画面に映しだされる文字を見ていると、ジャン・クロードの熱意が伝わってくるようだった。

〝それはすてきなところね。あなた自身のことを聞かせてちょうだい〟

〝ぼくのことを？　人に聞かせることなんて、あまりありません。ぼくは三十八歳。独身。ちょうどつき合っていた人と別れたところで、気の合う相手と落ちつきたいと思っています。あなたはどうなんですか？　結婚しているんですか？〟

トーニは文字を打ち返した。

〝わたしも独身で、相手を募集中よ。あなたのお仕事は？〟

〝ぼくは小さな宝石店のオーナーです。あなたもいつか店をのぞいてください〟

〝わたしは招待されたんですか？〟

〝ウィ〟

トーニはさらに打った。

〝おもしろそうですね〟

彼女は本気でそう言った。

〈もしかしたら、なんとかして本当に行ってみようかしら？〉

トーニは会話しながら思った。

〈この人がわたしを救ってくれるかもしれない〉

その日以来、トーニはほとんど毎晩のようにジャン・クロード・パロンと会話していた。ジャン・クロードは自分の写真をスキャンして見せた。利口そうでとてもハンサムだわ、とトーニは思った。

トーニが自分の写真をスキャンして送ると、ジャン・クロードからこういう言葉が返ってきた。

〝美しい人ですね。まえから、きっとそうだと思っていました。どうかぼくのところに訪ねてきてください〟

〝ええ、そうするつもりです〟

〝だったら早いほうがいいですね〟

〝ありがとう〟

トーニはハートを熱くしてチャットを終えた。


つぎの朝、仕事場でトーニは、シェーン・ミラーが部下のアシュレー・パターソンに話しかけているところに出くわした。

〈あの子のどこがいいっていうの⁉〉

トーニから見たアシュレーは、フラストレーションを募らせた八方美人の役立たずだった。トーニは彼女のすべてを否定した。アシュレーはでくのぼうで、夜は家から一歩も出ないで本ばかり読んでいる。テレビは見るが、チャンネルは歴史チャンネルかCNNに決まっている。スポーツにも興味がないなんて、なんてたいくつな女！　もちろん、チャットルームに入ったこともあるまい。コンピューターを通じて人と知り合うなんて、アシュレーには絶対できないことだろうから。

〈冷めた女。自分になにが欠けているかも気づいていないんだわ〉

トーニはそう思った。

〈わたしなんか、チャットルームでジャン・クロードと知り合えたのよ〉

母親が知ったら、インターネットのことをどれほど毛嫌いするだろう。

〈どうせあの人は、わたしのやることなすことが嫌いなんだ〉

彼女に対して母親がとったコミュニケーション手段はふたつしかなかった。〝わめく〟か、〝愚痴をこぼす〟かだった。トーニは一度も母親を喜ばすことができなかった。

〈〝なにか一つでもましなことができないの、あんたは？　バカな子ね！〟〉

母親は怒鳴ってばかりいた。トーニは、母親が死んだときの、あの恐ろしい事故を思いだす。助けを呼ぶ母親の声がいまでも耳のなかにこだまする。その記憶がトーニの顔をほころばす。

巻き糸ひとつが１ペニー
針一本も１ペニー
お金は天下のまわりもの
ほうら、イタチが逃げていく

第三章

もし別の時代の別の場所に生きていたら、アレット・ピータースは女流画家として名を成していたかもしれない。彼女の感覚は、物心ついて以来、つねに色の微妙な違いに同調していた。彼女は色を目で見るだけでなく、嗅覚でも聴覚でも感じることができた。

父親の声は青で、ときどき赤に変わる。

母親の声はこげ茶色だ。

担任の先生の声は黄色。
八百屋さんの声は紫色。
枝を揺する風の音は緑色。
流れる水の音は灰色。

アレット・ピータースは現在二十歳である。そのときの気分しだいで、十人並みにも、魅力的にも、絶世の美女にも変身できる。彼女は、しかし、単なる美人ではない。自分のルックスをまるで気にしないのも彼女の美徳のひとつである。恥ずかしがり屋で、いつも小さな声で話す。彼女ほど人に対してやさしい人間はいまどきどこを探してもいないだろう。

アレットはローマで生まれた。だから、英語を心地よいイタリア語なまりで話す。彼女はローマのすべてを愛していた。スペイン階段のいちばん上に立って街を見晴らすたびに、これがわたしのローマなんだわ、と実感する。古い神殿や巨大なコロシアムの遺跡をながめるとき、彼女の心は古代ローマ時代に誘《いざな》われる。噴水の音に耳を傾けながらナボーナ広場をそぞろ歩き、ビットリオ・エマヌエレ二世廟のあるベネチア広場のまわりを散歩する。サン・ピエトロ寺院や、バチカン美術館、ボルゲーゼ・ギャラリー――何度も訪れては、かぞえきれないほどの時間を費やした美の殿堂。ラファエロや、フラ・バルトロメオ、アンドレア・

デル・サルト、ポントルモなどの作品に心を奪われてはじっと見入る。偉大な画家たちの才能に恍惚となりながらも、彼女はフラストレーションを募らす。もしわたしが十六世紀に生まれていたら、この人たちに直接会う機会もあっただろうにと。何百年もまえに活躍した画家たちであるが、自分も画家になりたいと必死でがんばっているアレットにとって、彼らは、道行く現在の人たちよりもリアルな存在なのだ。

だが、当時、母親から浴びせられた茶色い声がいまでも彼女の耳にこだましている。

〈〝キャンバスと絵の具の無駄よ。あんたには才能がないわ〟〉

米国に渡り、カリフォルニアにやってきた当初、アレットはなかなか落ちつけなかった。来るまえから、文化や生活のギャップをどう埋めたらいいか、それが心配だった。しかし、住んでみると、クパチーノは意外にいいところだった。小さな街の暮らしもしっとりしていて悪くないと思えた。グローバル・コンピューター・グラフィックス社の仕事もけっこう楽しかった。クパチーノには美術館らしきものはなかったが、週末、サンフランシスコに出れば、かなりの作品が鑑賞できた。

「そんなもののどこがいいの？」

同僚のトーニ・プレスコットがよくそんな言い方をして彼女を誘った。

「わたしと一緒に《PJマリガンズ》へ行こうよ。そしてスカッと遊ばない?」

「アートはお嫌い?」

アレットが訊くと、トーニは笑った。

「いいわよ。その人も連れてらっしゃいよ。ラストネームはなんていうの?」


アレット・ピータースの生活を曇らすものがひとつだけあった。自分が躁うつ病がちなところだ。疎外感がつねに彼女を悩ませていた。自分でも気づかないうちに気分がコロコロと変わるのだ。いま幸せの絶頂にいるかと思うと、つぎの瞬間には絶望の淵に沈んでいる。この感情の起伏は自分でもコントロールできなかった。

トーニは会社のなかでアレットが相談できるただひとりの人間だった。実際、沈んだ気分はたいがいトーニが解決してくれた。トーニの処方箋はいつも同じだった。

「出かけてパーッと遊ぼうよ!」

酒のつまみにトーニがやり玉にあげるのはだいたいアシュレー・パターソンと決まっていた。

そのアシュレーがいま、上役のシェーン・ミラーとコソコソやっている。

「見てよ、あの上品ぶった売女を」

トーニは軽蔑しきった口調で言った。

「女王ぶって。どうせ氷の女王なのに」

アレットが口を合わせた。

「いつも深刻そうね、あの人。だれかが笑い方を教えてあげればいいのに」

「笑い方よりも先にファックの仕方を教えてあげるべきよ」

トーニが吐き捨てるように言った。


週に一度、夜、アレットはボランティアをしている。サンフランシスコに行ってホームレスの人たちに夕食を出す仕事だ。ホームレスたちのなかに、彼女が来るのを首を長くして待っている老女がひとりいた。

車いすに乗っているその老女をアレットはいつもテーブルに着かしてやり、温かい食べ物を用意してやるのだ。

老女はこう言って彼女に感謝したことがあった。

「あなたは本当にやさしい方ね。わたしもあなたのような娘がほしかった」

アレットは老女の手をとって言った。

「そんなの買いかぶりです。でも、ありがとう」

そう言いながら、彼女は胸のなかでこう言っていた。

〈もしあんたに娘がいたら、あんたみたいにブタそっくりだったでしょうに〉

そんなことを考えるたびに、アレットは自分の精神構造におののいた。まるで別人が自分の体のなかにいて、そんな醜い言葉を吐いているみたいだった。しかも、こういうことはたびたびあった。

アレットはある日、ベティ・ハーディーと一緒にショッピングをしていた。ベティ・ハーディーはアレットが通う同じ教会のメンバーである。ふたりはデパートのショーウインドーのまえで足を止めた。ベティが飾られているドレスにうっとり見とれた。

「きれいね。あなた、そう思わない？」

「本当ね。とてもきれい」

アレットの別の声が言っていた。

〈こんな醜いドレス、見たことないわ。あんたにぴったり〉

ある夕刻、アレットは教会の雑役係、ロナルドと食事をとった。

「本当に楽しかった、アレット。また近いうちにご一緒したいね」

雑役係がそう言うと、アレットは恥ずかしそうにほほえんだ。

「ええ、ぜひそうしたいわ」

だが彼女はこう考えていた。

〈そんなことするわけないでしょ、バカね。一生待ったってありえないわよ〉

こんなときの彼女は、自分の二面性におびえる。

〈わたしって、どうなっているのかしら？〉

彼女は自分で自分のことが説明できなかった。

意図的にしろ偶然にしろ、他人のちょっとした行為がアレットを激怒させることがある。ある朝、会社にむかってドライブ中に、だれかの車が彼女のまえに割りこんだ。アレットはこぶしをあげて歯ぎしりした。

〈殺してやる、ゲスヤロー！〉

相手の男性が手をふって謝ると、アレットはかわいらしくほほえむ。しかし、内側の怒りはおさまらない。

胸のなかに暗雲が垂れこめると、アレットは思う――いま目のまえを歩いている通行人など、雷にでも打たれるか、強盗にでも襲われてみんな死んじゃえ――と。その光景を頭のなかに生き生きと思い浮かべながら、つぎの瞬間には良心の呵責でうじうじしてしまう彼女なのだ。

機嫌がいい日のアレットはまるで別人である。純粋に親切で、やさしくて、他人に惜しげもなく助力の手を差し伸べる。そんなときでも彼女の幸福感をじゃまするものがひとつだけあった。いずれ絶望感に襲われるという現実を思いだすことだった。

日曜日の朝はかならず教会へ出かける。教会には美術教室とか、補習教室とか、ホームレスへの炊き出しなどのボランティアプログラムがいろいろあった。アレットは日曜学校や保育の手伝いをしていた。ほかにも慈善の催しがあればいつも積極的に参加して、時間の許すかぎり奉仕活動に精を出した。彼女がいちばん喜んでしたのは子供に教える絵画教室だった。

ある日曜日、教会は寄金集めのためのバザーを催した。アレットは自分の描いた絵を寄付することにして、何点か選んで持っていった。

牧師のフランク・セルバッキオは彼女の作品を見て驚きの声をあげた。

「これは見事だ！　これならちゃんとしたギャラリーで売れますぞ」

アレットは顔を赤らめた。

「いえ、とんでもありません。ほんの趣味で描いただけなんです」

信者たちが友人や家族を連れてきていて、バザーは盛況だった。やってきた人たちが楽しめるよう、ゲームコーナーや工芸コーナーが用意されていた。手づくりのおいしそうなケーキも売られていたし、手の込んだキルトや、ホームメードのジャムや、しゃれたポットや、木彫りのおもちゃなども屋台に陳列されていた。来客たちはブースからブースへ移動しながら、クッキーを試食したり、とりあえずは入り用でないものでもチャリティー精神を発揮して買っていた。

「チャリティーなんだから買ってあげましょうよ」

ある女性が連れの夫に言っているのをアレットは耳にした。

彼女はブースのまわりに並べた自分の作品を見まわした。ほとんどが風景画だが、その生き生きした色彩はいまにもキャンバスから飛びだしてきそうだった。だが、アレットは突然不安にかられた。母親の言葉が彼女の耳にこだましていた。

〈〝絵のためにあんたはそうとうお金を浪費してるよ〟〉

男性がひとり、彼女のブースにやってきた。

「やあ、こんにちは。これはみんなあんたが描いたの？」

男の声は濁った青だった。

〈バカ言わないで。ミケランジェロがここに立ち寄って描いたのよ〉

「才能があるんだね、あんた」

「ありがとう」

〈おまえに才能が分かるのか？〉

若い二人連れがアレットのブースに立ち寄った。

「見てごらん、この色彩の豊かさ！　ぜひ買わなきゃ。あなたは本当に上手ですね」

その日の午後、大勢の人が彼女のブースに立ち寄り、同じような言葉で彼女の才能を褒めたたえた。アレットは言われたことを信じたかったが、そのたびに暗い雲が彼女の胸に垂れこめた。

〈分かりもしないくせに。みんな適当なことを言ってるだけよ〉

画商がひとりやってきた。

「本当にいい絵だ。これだけの才能なら売り物になりますよ。あなたはプロになるべきだ」

「わたしは趣味で描いているだけです」

アレットはそう言い張って、それ以上話すのをこばんだ。

バザーが終わるまでに、アレットの絵は一点も残らず売れてしまった。彼女はみんなから払ってもらった代金をまとめ、それを封筒に入れてフランク・セルバッキオ牧師に手渡した。牧師は寄付金を受けとって言った。

「ありがとう、アレット。あなたは偉い。みんなの生活のなかに美を運んでくれる人だ」

〈いまの言葉聞いた、お母さん?〉

サンフランシスコに来ると、アレットは《モダンアート美術館》に行って何時間もすごす。《デ・ヤング美術館》ではアメリカの芸術作品を鑑賞する。

ある美術館で若い画家たちが展示作品の模写をしていた。アレットはそのうちのひとりにひと目ぼれしてしまった。二十代後半らしいその男性は、すらりとしていて、頭髪はブロンド、知的で意志の強そうな顔をしていた。ジョージア・オキーフの『朝顔』を模写しているところだった。模写の出来ばえはすばらしかった。若い画家は、彼女に見つめられているのに気づいた。

「ハーイ」

彼の声は温かい黄色だった。

「こんにちは」

アレットは恥ずかしそうに答えた。

若い画家は自分の作品に顔をむけてうなずいた。

「これ、どう思います？」

「ベリッシモ。すばらしいと思います」

同時に、彼女は自分の胸の声が別のことを言うのを待った。しかし、今回にかぎり別の声は聞こえてこなかった。アレットは意外だった。

「本当にすてきな絵だわ」

若い画家はにっこりした。

「ありがとう。ぼくの名はリチャード。リチャード・メルトンです」

「わたしはアレット・ピータース」

「ここにはよく来るんですか？」

ふたりの会話ははじめから弾んでいた。

「ええ。ひまさえあれば来ています。でも、わたしはサンフランシスコの住人ではないんですよ」

「お住まいはどこなんですか？」

「クパチーノです」

〝よけいなお世話よ〟と聞こえてくるはずなのに、彼女の胸の中は〝ええ、クパチーノよ〟と答えていた。

〈わたしって、どうしちゃったのかしら？〉

「知ってますよ。静かでいい街ですね」

「ええ、わたしは気に入っています」

〝調子のいいこと言うもんじゃないわよ〟とは聞こえてこなかった。彼女の胸のなかも素直に〝わたしは気に入っています〟と言っていた。

リチャード・メルトンは筆を置いた。

「ああ、お腹がすいた。昼食をおごらせてくれませんか？　ここの美術館のカフェはけっこうおいしいものを出すんですよ」

アレットが迷ったのはほんの一瞬だった。

「ええ、いいわ」

〝バカな男〟も〝知らない人と食事するわけないでしょ〟も聞こえてこなかった。アレットにとってははじめて経験するときめきの瞬間だった。

昼食はこのうえなく楽しかった。そのあいだ、アレットの胸に一度も暗い雲は垂れこめなかった。ふたりは夢中になって偉大な画家たちについての意見を交換しあった。アレットはローマで生まれ育ったことをリチャードに話した。

「ローマには一度も行ったことがないんだ」

リチャードが言った。

「でも、いつかかならず行こう」

アレットはその言葉を聞いて思った。

〈あなたと一緒にローマへ行けたら楽しそう〉

昼食をちょうど終えたとき、リチャードのルームメートが近くを通りすぎた。彼はその友人をふたりのテーブルに呼んだ。

「よう、ゲーリー。ここに来ているとは知らなかった。紹介するよ。こちらはアレット・ピータース。こいつはゲーリー・キング」

ゲーリーは同じく二十代の後半ぐらいで、明るい青い目に、頭髪は肩まで届くロングヘアだった。

「お目にかかれてうれしいわ、ゲーリー」

「ゲーリーは高校時代からの親友なんだ」

「そうなんです。リチャードの裏表をいやというほど見てきましたから、もし知りたいことがあったらなんでも——」

「ゲーリー、おまえどこかへ行くところじゃなかったのか？」

「ああ、そうだっけ」

ゲーリーはアレットに顔をむけて言った。

「いまおれが言ったこと忘れないでね。いつでも話してやるから」

ふたりはゲーリーが出ていくのを見送った。リチャードが言った。

「アレット……」

「なあに？」

「きみにまた会える？」

「ええ、いいわよ」

〈ぜひ会いたいわ〉


月曜日の朝、アレットはさっそく美術館での出来事をトーニに話した。

「貧乏絵描きにかかわるのはよしなさい」

トーニは忠告した。

「なにも食べさせてもらえないわよ。せいぜい絵に描いたフルーツぐらいかしら。あなた、またその人に会うつもりなの？」

アレットはにっこりした。

「ええ。あの人はわたしのことを好きみたいだし、わたしもあの人のことが好きなの。本当にそうなの」


はじめはちょっとした意見の違いだったものが、怒鳴りあいにエスカレートした。在職四十年のフランク牧師が引退の日を迎えようとしていた。教会活動に熱心で教区住民に対して面倒見のよかった牧師の引退を惜しまない者はいなかった。住民たちは秘密会合を開き、牧師に贈る引退記念品をなににするか話しあった。その席でのことだった。

時計とか、金銭とか、旅行とか、案がいろいろ出た。彼は美術が好きだから絵がいいのでは、との意見が固まりつつあった。

「彼の肖像画を描いて贈ったらどうだろう？　教会をバックに入れて」

当然、みなの視線がアレットに注がれた。

「やってくれるかい、アレット？」

「ええ、もちろん。喜んで」

アレットは顔を赤らめながらうれしそうに答えた。

ウォルター・マニングは長老のひとりで、最多額寄進者のひとりでもあった。教区内でも出世頭の彼は、他人の成功を快く思わない自己中心的な男だった。その彼がさっそく異論を唱えた。

「うちの娘が絵描きなのをご存じでしょうな。まず彼女に頼むべきでしょう」

話しあいが怒鳴りあいになったのはそのあとだった。

双方をなだめるためにだれかが提案した。

「ふたりに描いてもらって、できあがってから、どっちを贈るべきか、投票によって決めてはどうでしょうか？」


アレットは作業にとりかかった。描きあげるまでに五日かかった。牧師の善意と情熱が画面から感じとれる傑作に仕上がっていた。つぎの日曜日、ふたたび集会が開かれて、彼女の絵が披露された。

会場中からアレットの絵に対する称賛のため息が聞こえた。

「生き生きしているわ。まるで牧師さまがキャンバスから歩いて出てきそう……」

「これは彼も喜ぶだろうな……」

「美術館に陳列しても恥ずかしくない作品ですよ、アレット……」

つぎにウォルター・マニングが、娘が描いた絵の包みを開けた。これもなかなかの出来ばえだったが、アレットの作品にある〝燃えさかるような炎〟はなかった。

「これもなかなかいいね」

住民のひとりは、相手を傷つけないように微妙な言いまわしで言った。

「でも、アレットの絵にはちょっとだけ……」

「わたしもそんな気がするな……」

「アレットの絵に決まりかな……」

ウォルター・マニングが声を張りあげた。

「個人的な見解をあれこれ言うのは勝手ですが、こういうものの評価には権威というものが必要です。わたしの娘はプロの絵描きですぞ」

ウォルター・マニングはそう言ってアレットを見下ろした。

「日曜画家とは格が違うんです。しかも、彼女は好意でこれを描きあげました。いまさらいらないなんて言えませんな」

「でもウォルター――」

「いや、権威のない意見は受け入れかねます。娘の作品を贈るか、さもなければ、なにも贈らないことにすべきです！」

そのときアレットが発言して言い合いをとりなした。

「わたしも彼女の作品はすばらしいと思います。贈りものにするのはそちらの作品にしましょうよ。わたしはそれでかまいませんから」

ウォルター・マニングはにんまりして言った。

「牧師も喜ぶでしょう。では、そういうことで……」

その日の夕方、帰宅途中のウォルター・マニングはひき逃げ事故にあって即死した。

そのニュースを聞いてアレットは驚愕した。

第四章

仕事に遅れそうなので、アシュレー・パターソンは大急ぎでシャワーを浴びていた。そのとき彼女はなにかの音を聞いたような気がした。ドアが開くか閉まるかしたような音だった。彼女はシャワーを止め、耳を澄ました。心臓がドキドキと鳴っていた。しかし、物音はそれっきり聞こえなくなった。アシュレーは濡れた体のまましばらくその場に立ち尽くした。水滴が床にポタポタと落ちていた。それから彼女は急いで体をふき、抜き足差し足で寝室に入った。見たところ、すべては正常だった。

〈またわたしの愚かな妄想だったんだわ。早く支度をしなくては〉

チェストのところへ行き、ランジェリーの入っている引き出しを開けた彼女は、信じられない思いで引き出しの中身を見つづけた。そこには、あきらかにだれかがいたずらした痕跡があった。いつもきちんと分けて入れてあるはずのブラジャーやパンティーストッキングが一緒くたにされたうえ、無造作にほうりこまれていた。アシュレーはウッともどしそうになり腹を押さえた。侵入した男はズボンのチャックをおろして、女のパンティーストッキングを使ってアレをしたのだろうか？　彼女をレイプする空想にでもふけったのだろうか？　レイプしてから殺すことも考えたのか？　アシュレーは息が苦しくなってきた。

〈警察に訴えたほうがいいのでは。でも、笑われるだけかもしれない〉

〈〝おたくの下着用の引き出しをだれかが開けたからって、警察に捜査を開始しろっていうのかね？〟〉

〈〝だれかにつけられているんです〟〉

〈〝つけている人間を見たのかね？〟〉

〈〝いいえ〟〉

〈〝だれかに脅された？〟〉

〈〝いいえ〟〉

〈〝だれかに狙われる理由に心あたりはあるのかね?〟〉

〈〝いいえ〟〉

事情聴取のシミュレーションは絶望的だった。

〈警察へ行っても無駄だわ。こんな問答をくりかえしても、わたしがバカに見られるだけですもの〉

彼女は一刻も早くアパートから出たくて、できうるかぎりのスピードで身支度を整えた。

〈ここにいたら頭がおかしくなりそう。早くどこかに行って気をとりなおさなくては〉

そう思うはしから、それはかなわないことなのだ、と彼女の別の意識が告げていた。

〈あいつはわたしの住居も、わたしがどこで働いているかも知っている。でも、わたしのほうはあいつのことをなにも知らない〉

アシュレーは頑として銃を持たない。信念として暴力には反対だからだ。

〈でも、いまはそんなことを言ってる場合ではないわ〉

アシュレーはキッチンへ行き、ステーキ用のナイフをとりあげると、寝室に戻ってきてそれをベッドの横の引き出しに入れた。

〈わたしがランジェリーを整理し忘れたっていうこともありうるわね。きっとそうなんだわ。

それとも、それは、わたしの希望的観測？〉

下の玄関ホールの郵便受けに封書が一通届いていた。差出人の住所は〝ベッドフォード・エリア・ハイスクール、ベッドフォード、ペンシルベニア州〟となっていた。母校からの案内状だった。

アシュレーはその文面を二度読んだ。

十周年記念クラス会へのご案内
お金持ちに貧乏人、乞食に盗人《ぬすっと》、それぞれにご活躍のみなさん。この十年のあいだのクラス会がいかに楽しかったか、よくご存じですね。それをさらに実感するチャンスがやってきます。きたる六月十五日のウイークエンドに大集会を開きます。ごちそうに、飲み物に、バンドも用意しました。踊って、大いに英気を養いましょう。
あなたの出席が事前に分かるよう、返信用のはがきをお送りください。みんながあなたに会うのを楽しみにしています。

会社にむかって車を走らせながら、アシュレーは案内状のことを考えた。

〈〝みんながあなたに会うのを楽しみにしています〟。ジム・クリーリー以外はね〉

彼女は思いだしたくなくても思いだしてしまう。

〈〝結婚したいんだ。シカゴに住む叔父が広告代理店の仕事を紹介してくれたから……シカゴ行きの列車が七時に出る。一緒に行ってくれるね？〟〉

彼を信じて、彼を信頼して、駅で待ちつづけたあのときのことが忘れられない。裏切られたと知ったときの胸の痛み。勝手に気を変えておきながら、来て説明することもしなかった意気地なし。ひとりぼっちで駅のベンチに座りこむアシュレーに、彼は待ちぼうけを食わせたまま知らんぷりを決めこんだ。

〈クラス会なんかへ行くもんか！〉


アシュレーは《ＴＧＩフライデーズ》でシェーン・ミラーと昼食をとっていた。ブースに陣どるふたりは黙って食べつづけた。シェーンが口を開いた。

「なにか考えごとしてるな？」

「ごめんなさい」

アシュレーはランジェリーのことを話そうかどうしようか迷った。

〈〃だれかがきみの引き出しを開けたって？〃〉

やはりバカだと思われそうなので、その話はやめた。かわりに彼女はこう言った。

「十周年記念クラス会の案内状が来たの」

「出席するのかい？」

「行くわけないでしょ」

自分が意図したよりもきつい言葉になってしまった。

シェーン・ミラーは不思議そうな顔でアシュレーを見た。

「どうして行かないんだい？　そういう集まりもいいもんだよ」

〈ジム・クリーリーも来るのかしら？　奥さんや子供たちを連れて、わたしになんて言いわけするつもりかしら？　〃駅に行けなくて悪かった。結婚したいと言ったのはうそだった。ごめん〃かしら〉

「とにかく、わたしは行かないわ」

アシュレーは、しかし、案内状のことを頭から払いのけることができなかった。

〈昔のクラスメートに会うのはたしかに楽しいことだわ〉

高校時代、彼女が親しくつき合っていたのはほんの数人だった。とくに仲のよかったのがフローレンス・シーファーである。

〈彼女はいまどうしているかなあ?〉

アシュレーはベッドフォードの街が急に懐かしくなった。

〈あの街も変わったかしら? それとも昔のままかしら?〉


彼女が生まれ育ったペンシルベニアのベッドフォードは、ピッツバーグから車で二時間、アレゲニーの山あいにある小さな街である。父親は、米国百大病院のひとつ、ベッドフォード郡メモリアル病院の院長だった。

ベッドフォードは子供が成長するには最適な街といえる。ピクニックに出かけられる公園がたくさんあって、川では釣りもできるし、周辺では年中いろんな行事が催される。アシュレーは、古い習慣を守りつづけるオランダ人の入植地があるビッグバレーへ行くのがとくに好きだった。そこへ行くと、いまでも馬車が見られる。馬車の幌は、その所有者の村での位によって色が違う。

年に一度催される〝神秘の村の夕べ〟や、ライブハウスや、〝かぼちゃ大祭り〟もアシュレーの心を躍らせる行事だった。彼女は幸せだった子供時代を思いだして顔をほころばせた。

〈やはり行ってみようかしら〉

彼女は考えなおした。

〈きっとジム・クリーリーは来ないわ。それほど無神経ではないでしょう〉


予定の何日かまえ、アシュレーは、気が変わったことをシェーン・ミラーに話した。

「来週の土曜日なの。日曜日の夜には戻ってくるわ」

「それはよかった。帰る時間を教えてくれれば空港まで迎えにいくから」

「ありがとう、シェーン」


ランチから戻ると、アシュレーは自分のブースに入ってコンピューターのスイッチを入れた。すると、不思議なことが起きて、彼女を驚かせた。画面のなかにいろんな色の光が踊り、やがてそれがなにかの像を結びはじめた。アシュレーは不思議そうに画面を見つめた。黒い点が増えて人間の顔になった。よく見なくても分かった。自分の顔だった。画面の上のほうに手が映しだされ、それが肉切り包丁をにぎった。アシュレーはゾッとなりながらも画面を見つづけた。肉切り包丁をにぎった手が彼女の顔にふりおろされた。

「キャーッ！」

アシュレーは悲鳴をあげた。それからすぐにモニターのスイッチを切り、床をけって立ちあがった。

シェーン・ミラーが彼女の横に駆けつけてきた。

「どうしたんだ、アシュレー？　なにがあったんだ？」

アシュレーはぶるぶる震えながら訴えた。

「わたしのコンピューターの……画面が――」

シェーンがコンピューターのスイッチを入れた。緑の芝生が映しだされ、その上で子猫が巻いた毛糸を追っていた。ふり返ったシェーンが怪訝《けげん》そうにアシュレーの顔をのぞいた。

「なにが――？」

「わたしが見たのは――消えちゃったのよ」

「なにが消えたって？」

アシュレーは首を横にふった。

「いいの、なんでもないの。わたし、最近ストレスがたまって——ごめんなさい、シェーン」

「それはよくないね。スピークマン先生のところへ行って相談してみたらどうだ？」

アシュレーは、まえにもスピークマン博士に相談したことがあった。スピークマンは、ストレスに苦しむコンピューターオペレーターたちの相談役として会社に雇われているカウンセラーである。医師ではないが、頭がよく、他人に対する思いやりもあって、相談役にはぴったりの男だった。

「ええ、行ってみるわ」

アシュレーは迷わずに答えた。


いつも生きのいい若者たちに囲まれている五十代のベン・スピークマン博士は、さながら部族の長老で、建物のいちばん奥にある彼のオフィスはさしずめコンピューター砂漠のなかのオアシスである。足をふみ入れたアシュレーは思わずホッとして、いつの間にかリラックスしていた。

「昨日の夜、怖い夢を見たんです」

アシュレーは目を閉じて、その場面を思いだそうとした。

「花で埋まった大きな庭のなかでわたしは駆けていました……気持ち悪い顔や醜い顔がそこいらじゅうにあるんです……みんなわたしに向かって叫んでいました。なにを言っているのか聞こえなくて、わたしはただなにかに向かって走りつづけ……なにに向かって走っていたのか分かりません……」

彼女はそこで話を止めて目を開けた。スピークマン博士が質問した。

「なにかから逃げていたということではないのかね？　なにかに追われていたとか？」

「さあ、それは分かりません。わ、わたし、じつは、だれかにつけられているような気がしているんです。こう言うと変に聞こえるかもしれませんが、だれかに殺されそうな気がするんです」

スピークマンはさりげなく彼女の様子を観察した。

「だれがきみを殺そうとしているんだい？」

「そ、それは分かりません」

「だれかがつけているのを見たことはあるのかね？」

「いいえ」

「ひとりで住んでいるんだね？」

「ええ」

「ときどきだれかには会っているのかな？　恋愛しているのかという意味だけど？」

「いいえ、いまはそういう人はいません」

「すると、ひとりになってからずいぶん経つのかな――つまり、男性のいない生活を送っていると――そのう、つまり、肉体的緊張が積み重なって……」

〈この先生が言おうとしているのは、わたしに適度の――をしろと〉

アシュレーはその言葉を頭のなかでも口にできなかった。父親の怒鳴り声がいまでも耳に残っている。

〈〝そんな言葉は二度と使うんじゃない！　みんなにアバズレだと思われるぞ。上品な人間なら「ファック」なんて言わない。おまえはそんな言葉をどこで覚えたんだ？〟〉

「きみは働きすぎだと思うよ、アシュレーくん。心配することはなにもないね。たぶん、緊張とストレスからくるんだと思う。少し気を楽にして、もっと休みをとりなさい」

「ええ、そうするよう努力します」

カウンセラー室から自分のブースに戻ると、シェーン・ミラーが待っていた。

「スピークマン先生はなんて言っていた？」

アシュレーは無理に笑みをつくった。

「なんでもないから大丈夫ですって。ただ疲れたんだろうって言われたわ」

「そうか、そういうことか。だったら、なんとかしなくちゃな」

シェーンは心配そうに言った。

「とりあえずは今日一日、休んでみたらどうだ?」

彼の口調も落ちこんでいた。

「心配してくれてありがとう」

アシュレーは彼の顔を見てにっこりした。シェーンは信頼できる上役というだけでなく、いい友達だった。

〈この人のはずはないわ〉

アシュレーは一応、男性全員を疑いの対象にしていた。

〈でも、この人ではありえない〉

つぎの週、アシュレーはクラス会のことが気になって、そのことばかり考えていた。

〈出席するのはやはり間違いかしら? ジム・クリーリーが来ていたらどうする? わたしをどれほど傷つけたか、彼は分かっているのかしら? だいいち、わたしのこと覚えているかしら?〉

ベッドフォードへ出発するまえの晩、アシュレーは神経が高ぶってほとんど眠れなかった。

飛行機の予約をキャンセルしようかどうしようか、何度も迷った。

〈わざわざそんなところへ出かけるなんてバカよ〉

時間が近づくほど、彼女の気持ちは〝行きたくない〟ほうに傾いていた。

〈過去は過去〉


空港のカウンターでチケットを受けとったアシュレーは首をかしげた。中身を吟味して係員に質問した。

「間違いじゃないでしょうか？　わたしは〝エコノミークラス〟を予約したんですが、このチケットでは〝ファーストクラス〟になっていますけど」

係員はコンピューターの画面を見ながら答えた。

「はい。お客さま自身が変更されましたので」

アシュレーは係員を見つめた。

「わたしがなにかしたですって？」

「ファーストクラスへご変更するむね電話をいただきましたけど？」

係員はアシュレーにメモを渡した。

「これがお客さまのクレジットカードの番号ですね？」

アシュレーはその数字を見て顔をしかめた。

「ええ……そうですけど……」

もちろんアシュレーは電話などしていなかった。


早い時間にベッドフォードに着いたアシュレーはそのまま街でいちばん大きなホテル《ベッドフォード・スプリングス・リゾート》にチェックインした。夕方の六時からはじまるクラス会にはまだたっぷり時間があったので、そのまえに久しぶりの街を探索することにして、ホテルのまえからタクシーに乗った。

「どちらまで、お客さん？」

「街をひと回りするだけでいいの」

何年ぶりかで訪れる郷里の街は思ったより小さく見えるものだ。しかし、アシュレーの目に映る今日のベッドフォードは覚えている街よりもずっと大規模だった。タクシーは懐かしい道を通り抜けていった。ベッドフォード新聞社やWKYEテレビ局、レストランやギャラリーなど懐かしい建物のまえを通りすぎた。おいしいパンを売る《ザ・ベーカーズ・ローフ》も、父親に連れられてよく行ったレストラン《クララス・プレイス》も、ベッドフォード美術館も、《オールド・ベッドフォード・ビレッジ》も昔のままそこにあった。メモリアル病院のまえも通過した。正面玄関をギリシャふうの円柱で飾った三階建ての優雅な建物だ。アシュレーの父親はこの病院に勤務しながら有名になった。

アシュレーは病院を見て、父と母のあの恐ろしい大げんかを思いだした。ふたりはあらんかぎりの声を張りあげてののしり合っていた。けんかはいつも同じことが原因だった。

〈なにが原因であんなにののしり合っていたのだろう？〉

やはりアシュレーには思いだせなかった。


五時に部屋に戻ると、アシュレーは着替えをはじめた。あれやこれやと取っかえ引っかえして三回も着替えてから、ようやくどれにするか決まった。彼女が最終的に選んだのはシンプルな黒いワンピースだった。その服を着たときがいちばんスタイルがよく見えた。

ベッドフォード・エリア・ハイスクールの体育館は色とりどりの飾りつけがなされてお祭り気分に包まれていた。会場に足を踏み入れたアシュレーは、集まった百二十人の、うろ覚えの他人の中にまぎれた。中にはだれだかまったく思いだせないクラスメートもいたし、昔とほとんど変わっていない者もいた。アシュレーの目はひとりの人間を探し求めていた。

〈彼は変わったかしら？　奥さんも連れてきているのかしら？〉

何人かの級友がアシュレーに声をかけてきた。

「アシュレー、トレント・ウォーターソンだよ。元気そうだね」

「ありがとう。あなたも元気そうよ、トレント」

「紹介するよ。こちらがおれのワイフの……」


「アシュレー？　あ、やっぱりきみだ」

「ええ。あのう——？」

「アートだよ。アート・デービスさ。覚えてないのかい？」

「ええ、ええ、もちろん覚えてるわよ」

アート・デービスは服装が安っぽくて肩身がせまそうだった。

「調子はどう、アート？」

「エンジニアになりたかったんだけどさ。それがうまくいかなかったんだよ」

「残念ね」

「でもとりあえず、自動車修理工場のメカニックにはなれたよ」

「アシュレー！　レニー・ホランドだよ。きみ、ずいぶん綺麗になったね」

「ありがとう、レニー」

レニー・ホランドはでっぷりと太り、小指には大粒のダイヤモンドの指輪をはめていた。

「不動産業をやっているんだ。景気はいいよ。結婚したのかい？」

アシュレーは口ごもった。

「いいえ、まだ……」

「ニキー・ブラントのこと覚えてるだろ？　おれたち結婚したんだ。双子が生まれてね――

――」

「おめでとう」


人間って十年でこんなに変わってしまうものなのか。太って恰幅がよくなった者もいれば、反対にだれだか分からなくなるほどやせてしまった者もいる。裕福になった者、落ちぶれた者。結婚した者、離婚した者。親になった者、まだ子供のいない者……。

会は進み、食事が出されて、音楽が演奏され、ダンスがはじまった。アシュレーはクラスメートたちと語りあい、近況を報告しあった。しかし、彼女の頭のなかは終始ジム・クリーリーのことでいっぱいだった。彼の姿はどこにも見えなかった。

〈彼は来ないんだわ〉

アシュレーは結論した。

〈わたしが出席することを知って、怖くて来られないのね、きっと〉

綺麗な女性が近づいてきた。

「アシュレー！　会いたかったわ」

懐かしいフローレンス・シーファーだった。アシュレーは彼女に会えて純粋にうれしかった。フローレンスはいちばん親しくつき合ったクラスメートのひとりである。ふたりは隅のテーブルを見つけて話しはじめた。

「あなた、調子よさそうじゃない、フローレンス？」

「あなたも元気そうよ。こんなに遅くなっちゃってごめんなさい。赤ちゃんがぐずってて、なかなか出られなかったの。わたしはあれから結婚して、離婚して、いまはあるすてきな人とおつき合い中なの。あなたのほうはどうなの？　卒業式のあとですぐいなくなっちゃったじゃない。連絡しようとしたんだけど、あなたは街から消えちゃって――」

「ロンドンへ行ったの」

アシュレーは明るく言った。

「お父さんが勝手にむこうの大学にわたしの入学手続きを進めちゃって、しかたなく卒業パーティーのつぎの朝たったのよ」

「あなたの行方を捜しまくったわよ。わたしが知っているだろうって警察が思いこんでね。その後、警察はあなたの行方をずいぶん追っていたみたいよ。ジム・クリーリーがあなたとつき合っていたからって」

アシュレーはわけが分からなくて、しばらく反応できなかった。

「警察が、ですって?」

「そうよ。あの殺人事件を担当していた刑事さんがね」

アシュレーは自分の顔から血の気が引いていくのが分かった。

「殺人事件ですって?……いったい何なの、それ?」

フローレンス・シーファーは彼女の顔をじっと見つめた。

「あなた、もしかして知らなかったの!?」

「なんのこと?」

アシュレーは身を乗りだして訊いた。

「いったい何の話なの、それ？」

「卒業パーティーのつぎの日、出先から自宅に戻ったジムの両親が彼の死体を見つけたのよ。ナイフで刺し殺されたうえに、去勢されていたそうよ」

アシュレーのまわりで会場全体がぐるぐると回りはじめた。彼女はテーブルの端にしがみついた。フローレンスが彼女の腕をつかんだ。

「ご、ごめんなさい、アシュレー。そのことはあなたも新聞で読んで知っていると思っていたわ……でもロンドンに行ってしまっていたのなら――」

アシュレーは目を固く閉じてあのときのことを思いだそうとした――夜、家から抜けだしてジム・クリーリーの家へむかった。でも、途中で気を変えて、朝まで待つことにして――。

〈あのとき、彼のところへそのまま行っていたら〉

アシュレーはみじめな気持ちで思った。

〈ジム・クリーリーは死なずにすんで、いまこの場に来ていたかもしれない。それなのに、わたしは十年間も彼を憎みつづけて――なんていうことでしょう。だれが彼を殺したの？いったいだれが――〉

アシュレーは立ちあがった。

「ごめんなさいね、フローレンス。わたし、ちょっと気分が悪いわ——」

アシュレーはパーティー会場から逃げだした。

警察は彼女の父親にも事情聴取したはずだ。

〈父はなぜわたしに話さなかったのだろう?〉

アシュレーは早くカリフォルニアに戻りたくて、朝一番の飛行機をつかまえてそれに乗りこんだ。まえの晩もろくすっぽ寝ていなかったから、座席におさまると、すぐうとうとしはじめた。同時に悪夢がはじまった。暗闇のなかに立つ人影がわめき散らしながらジム・クリーリーをめった刺しにしていた。やがてその人影が明かりのなかに歩みでた。

人影は父親だった。

第五章

アシュレーは落ちこんだまま、みじめな精神状態から何カ月間も這いあがれなかった。血まみれになったジム・クリーリーの惨殺体が脳裏に浮かんでは消え、頭から離れなかった。カウンセラーのスピークマン博士に相談しようかとも思ったが、この件だけはだれにも話してはいけない、と彼女の第六感が警告していた。父親が犯人かもしれないと思うだけでも、アシュレーは罪の意識にさいなまれた。彼女はすべてを頭からふりはらって仕事に集中しようとした。しかし、それは無理というものだった。いくらやっても完成しない画面上の図案を見つめて、ため息ばかりをくり返していた。

彼女の様子を見て、シェーン・ミラーが心配した。

「大丈夫かい、アシュレー？」

アシュレーは無理に笑みをつくった。

「大丈夫よ」

「きみの友達のこと、本当に気の毒だったね」

アシュレーは同窓会から戻るとすぐ、事件のことをシェーン・ミラーに話していた。

「こういうことは——自分で克服しなくては——わたしもそのうち忘れると思うの」

「今夜、夕食でもしようか？」

「ありがとう、シェーン。でもわたし、まだそういう気分じゃないの。来週にしましょ」

「そうだね。もしわたしになにかできることがあったら——」

「ありがとう。そう言ってくれてうれしいわ。でも、これは自分でしか解決できないことだから——」

トーニがアレットに耳打ちした。

「〝気どり屋〟さんはなにか問題を抱えたらしいわよ。あのまま死んじゃえばいいのに」

「そんなこと言っちゃ可哀そうよ。なにがあったんでしょうね、あの人」

「そんなこと関係ないわ。こっちはこっちの問題でいっぱいなんだから。そうでしょ、あなた?」


連休まえの金曜日の夕方、アシュレーは会社を出ようとしていた。そこにデニス・ティブルがやってきた。

「よう、ベイビー。頼みごとがあるんだ」

「ごめんなさい、デニス。わたし――」

「まあいいから、そんなに冷たくしないで」

デニス・ティブルは彼女の手をにぎった。

「女性の立場からの意見を聞きたいんだよ」

「デニス、わたし本当に――」

「おれはある女性に恋していてね。その人と結婚したいと思うんだ。でも、いろいろ問題があるんだ。その件で助けてくれないか？」

アシュレーはどうしようか迷った。デニス・ティブルのことは嫌いだが、助けてくれと言われて、放っておいていいものかどうか。

「明日にしてもらえない？」

「それが緊急なんだ。だから、いまこれから話したいんだ」

アシュレーはフーッとため息をついた。

「いいわ。なんなの？」

「きみのアパートに行って話したいんだけど、いいかい？」

アシュレーは首を横にふった。

「だめよ」

いったん部屋に入れたら、おそらく彼はたたきだしても居すわるだろう。

「じゃあ、おれの家に寄ってくれるかい？」

アシュレーは迷った。

「そうね」

〈それなら、わたしが去りたいときに去ればいい。もし、彼が恋したという女性とうまくいくように手伝ってあげれば、この人もわたしに付きまとわなくなるでしょう〉

トーニがアレットに耳打ちした。

「ねえねえ、信じられる？　あの気どり屋の八方美人がゲスのアパートにしけこむらしいよ。あの娘がそれほどバカだったとは知らなかった。あきれた」

「ただ相談に乗るんでしょ。べつにどうということは――」

「なに言ってるのよ、アレット。あなたも子供ね。男が女を自分のアパートに呼ぶ目的はひとつしかないじゃない」

「そんな、いくらなんでもあのふたりが――」

「わたしはこういうことに詳しいのよ」


デニス・ティブルのアパートの内装は〝ネオ悪夢〟とでも呼ぶべき悪趣味で満ちていた。ホラー映画のポスターが壁にかかり、その横にはヌードモデルや、猛獣が餌食を襲う写真がベタベタと貼ってある。テーブルのあちこちに置かれている木彫りの像は卑わいなものばかりだった。

〈これぞまさに、ちょっとおかしい男の住まいだわ〉

アシュレーは早く立ち去りたくて、とても落ちつかなかった。

「立ち寄ってくれてありがとう、ベイビー。本当にうれしいよ。もし——」

「わたし、時間がないのよ、デニス」

アシュレーはひと言断わってから、早くすませたくて言った。

「あなたが好きになったという人の話を聞かせて」

「ちょっとイカす女性なんだ」

デニス・ティブルはタバコをとりだした。

「タバコは?」

「いいえ、わたし吸わないから」

アシュレーは彼がタバコに火をつけるのを見ていた。

「じゃあ、一杯飲むかい?」

「いいえ、けっこう」

デニス・ティブルはニヤリとした。

「吸わない、飲まないいじゃ、やることはあと一つしかないいじゃないか」

アシュレーはきっぱりした口調で言った。

「デニス、もし話がそういうことなら――」

「冗談だよ」

デニスはバーのところへ行き、グラスにワインを注いできた。

「じゃあ、ワインを少し飲みなよ。べつに毒じゃないから」

デニスはグラスを彼女に渡した。

アシュレーはひと口ワインをすすった。

「その人の話をしましょう」

デニス・ティブルは彼女が座っている長いすに並んで腰をおろした。

「あんな女性に出会ったのははじめてさ。セクシー度はきみと同じくらいで――」

「そんな言い方やめてちょうだい。じゃないと、わたし帰るわよ」

「へーイ、お世辞のつもりでそう言ったのに。とにかく彼女はおれに夢中なんだ。でも、社交家の両親がおれのことを嫌ってね」

アシュレーはなにも言わずに聞いていた。

「つまり、こういうことなんだよ。もしおれが押しまくれば、彼女は結婚してくれるだろう。でも、そうなったら、彼女は家族や親戚たちからつまはじきされる。家族とはとても結びつきの強い女だから、結婚してそういうことになったら、結局おれが恨まれるだろう。問題はそこなんだよ、分かるだろ？」

アシュレーはワインをもうひと口飲んだ。

「ええ、わたしなら……」

そのすぐあとだった。すべてが霧のなかに包まれて、アシュレーは時間の感覚を失った。


大変なことになったと気づきながら、アシュレーは少しずつ意識をとり戻していた。麻薬のようなものを飲まされた感じだった。目を開けるだけでも渾身の力を込めなければならなかった。部屋のなかを見まわして、パニックになった。いまいるところはどうやら安ホテルの一室のようだった。しかも自分は丸裸でベッドの上にいた。だるい体をもちあげて上半身を起こすと、頭がズキンズキンと痛んだ。ここがどこなのか、どういうふうにしてここへ連れてこられたのか、まるで記憶がなかった。ナイトスタンドの上にはルームサービスのメニューが置いてあった。手を伸ばしてとりあげてみた。

〝シカゴループ・ホテル〟

彼女はもう一度読んだ。信じられなかった。

〈大陸の反対側のシカゴで、わたし、なにをしていたのかしら？　いつからここにいるのだ

ろう？　デニス・ティブルのアパートに寄ったのは金曜日の夜だった。今日は何曜日？〉

彼女の全神経が急を告げていた。アシュレーは受話器をとった。

「ご用件は？」

アシュレーは口から言葉がなかなか出なかった。

「今日は──今日は何日ですか？」

「今日は十七日ですけど」

「ああ、それで、何曜日なんですか？」

「今日は月曜日です。なにか──」

アシュレーはボーッとしたまま受話器を置いた。

〈月曜日!?〉

二日二晩、記憶がないことになる。彼女はベッドのはじに座って一生懸命思いだそうとした。デニス・ティブルのアパートに寄って……ワインを何口か飲んで……それからの記憶がまったくない。

〈あいつがワインのなかになにか入れて、わたしを意識不明にさせたんだ〉

薬物を使って悪さをする男たちのことをなにかで読んだことがある。そんなときに使う麻薬を彼らは〝デート・レイプ・ドラッグ〟と呼んでいる。それを飲まされたにちがいない。

相談に乗ってくれというのは、手引きのための罠だったのだ。

〈こんな単純な手に引っかかるなんて、わたしはなんてバカだったのだろう！〉

空港に行った記憶もなければ、シカゴ行きの飛行機に乗ったことも、ティブルとホテルにチェックインしたことも覚えていない。最悪なのは——この部屋でなにがあったのかの記憶もないことだ。

〈とにかく、早くここから出なくては〉

絶望しながらアシュレーはあせった。体中のすべてが犯されたような気がして、不潔感でもどしそうだった。いったい、なにをされたのだろう？　そのことは考えないようにして、アシュレーはベッドから立ちあがり、ちっぽけなバスルームに入り、シャワーブースに足を踏み入れた。そして、熱いお湯を体中に浴びせた。なにがあったにしろ、不潔なものをきれいに洗い流したくて、洗える場所をごしごしと洗った。妊娠でもしていたらどうしよう？

そのことを考えて、またもどしそうになった。

シャワーから出て体をふき、クローゼットのまえまで来た。彼女の服はすべて消えてなくなっていた。クローゼットの中にあったのは、自分のものではない黒い革のミニスカートと、安っぽいチューブトップと、ハイヒールだけだった。こんな服を着なければならないのかと思っただけでさらに気分が悪くなりそうだったが、ほかに道はなかった。アシュレーは急いで服を身に着け、鏡に映してみた。まさに売春婦の装いだった。

財布の中身を調べてみると、現金は四十ドルしか入っていなかった。だが、小切手帳とクレジットカードはちゃんと残っていた。

〈助かった！〉

廊下に出てみた。だれもいなかった。エレベーターで下におりると、ロビーはいかにも安ホテルらしくうらぶれていた。彼女はチェックアウトカウンターに行って、年老いたキャッシャーにクレジットカードを渡した。

「もうご出発ですか？」

キャッシャーはうすら笑いを浮かべて言った。

「お楽しみになりましたか？」

アシュレーは思わず老キャッシャーをにらみつけた。

〈この人、なにが言いたいのかしら？〉

彼女はそれを知るのが怖かった。デニス・ティブルがいつチェックアウトしたのか訊きたかったが、その件はもちださないほうがいいだろうとその場で計算した。

老キャッシャーは彼女のクレジットカードをターミナル機にかけてから、顔をしかめて、もう一度かけ直した。そして、そのしかめた顔のまま老キャッシャーは彼女に言った。

「カードが機械にかからないな。限度を超えているんだろう」

アシュレーは口をぽかんと開けた。

「そんなはずありません！　なにかの間違いだと思います」

老キャッシャーは肩をすぼめた。

「ほかのクレジットカードはお持ちかな？」

「いいえ——持っているのはそれだけです。個人小切手でもいいですか？」

老キャッシャーは彼女の服装をじろじろと見まわした。

「身分証明書があればね」

「電話をしたいんですけど……」

「電話はそこの角」


「サンフランシスコ・メモリアル病院……」

「スティーブン・パターソン先生をお願いします」

「少しお待ちください……」

「ドクター・パターソンのオフィスです」

父親の秘書が出た。

「サラね？　わたし、アシュレー。お父さんと話したいの」

「すみません、ミス・パターソン。先生はいま手術室に入っていて――」

アシュレーは受話器をにぎりしめた。

「いつ終わるか分かる？」

「どのくらいかかるか正確に予測するのはちょっと――これが終わるとすぐ別の手術が――」

アシュレーはヒステリーを起こしそうな自分と闘った。

「緊急の用件でどうしても話したいの。行って、そうお父さんに耳打ちしてくれる？　お願い。そして手があきしだい、折り返しわたしに電話してもらいたいの」

アシュレーは、ブースのなかに書かれていた番号を父親の秘書に教えた。

「わたしは電話が来るまでここで待っているから」

「分かりました。かならず伝えます」

アシュレーは公衆電話の近くのいすに座り、父親がかけてくるのを一時間近くも待っていた。そのあいだ、まえを通りすぎる人たちが変な目で彼女を見て行く。いやらしくウインクする男もいた。アシュレーはまるで裸でいるようで落ちつかなかった。ベルが突然鳴ったときはギクッとした。

アシュレーはあわててブースのなかに戻った。

「ハロー……」

「アシュレーか？」

父親の声だった。

「ああ、お父さん。わたし――」

「どうしたんだ？」

「いまシカゴにいるの。それで――」

「シカゴなんかでなにをしているんだ？」

「その話はあとでするわ。サンノゼへ戻る飛行機のチケットがほしいんだけど、手持ちのお金がないの。お父さん、助けてくれる？」

「もちろん。ちょっとそのまま待っていなさい」

三分後に父親が電話に戻ってきた。

「オヘア空港を午前十時四十分に発つアメリカン・エアラインの便がある。407便だ。カウンターに行けばチケットができているから、それを使ってサンノゼに帰ってきなさい。わたしが空港まで迎えにいくから――」

「いいの、それは！」

こんな格好を父親には見せられなかった。

「わたし――自分でアパートに行って着替えるわ」

「まあ、いいだろう。じゃあ、あとでわたしがおまえのところへ行くから、一緒に夕食でもとりながら話を聞かせてもらおう」

「ありがとう、お父さん。助かったわ」


サンノゼに戻る飛行機のなかで、アシュレーは、デニス・ティブルに対する怒りで体を震わせていた。

〈警察に行って話さなくては〉

アシュレーは決心した。

〈ほかに何人もの女性をこの手で犯してきたんでしょう。泣き寝入りするわけにはいかないわ〉

自分のアパートにたどり着いた彼女は、聖域に戻ったようにホッとした。安物のきわどい服を一刻も早く脱ぎ捨てたかった。だから、大急ぎで裸になると、父親と会うまえにもう一度シャワーを浴びておきたいと思い、クローゼットのところに来て思わず足を止めた。目のまえの化粧台の上に彼女が絶対に吸わないタバコの吸い殻が載っていた。

ふたりは《ディ・オークス》レストランの奥のテーブルに着いていた。アシュレーの父親は心配そうな顔で娘の様子を観察していた。

「シカゴでなにをしていたんだい？」

「そ、それが、わたしにも分からないの」

父親は疑わしそうな目で娘の顔をのぞいた。

「自分でなにをしていたのか分からないのか？」

アシュレーは起きたことを正直に話すべきかどうか迷った。

〈でも、お父さんならいいアドバイスをしてくれるかもしれない〉

アシュレーは言葉を選びながら少しずつ話すことにした。

「デニス・ティブルに相談に乗ってくれって言われて……」

「デニス・ティブル？　あの蛇みたいなヤローか？」

ずっと以前にアシュレーは仕事仲間として父親に紹介したことがある。

「あんなヤツとおまえになんの関係があるんだ？」

父親にそう言われただけで、アシュレーは、話したのはやはり間違いだったと悟った。父親は彼女の問題に対していつも過剰に反応する。とくに男性がかかわってくるとそうだ。父親がジム・クリーリーに浴びせた暴言がまだ耳に残っている。

〈〝もう一度うちのまわりをうろついてみろ、おまえの体中の骨をへし折ってやるぞ〟〉

「たいしたことじゃないのよ」

アシュレーはあわてて言いなおした。

「いいから、お父さんにみんな話しなさい」

アシュレーは悪い予感がして身を硬くした。

「デニスのアパートでワインをちょっと飲んだら……」

父親の顔色がみるみる変わっていった。その目のなかの表情にはアシュレーをゾッとさせるものがあった。彼女は話を適当にごまかそうとした。

「だめだ。もっと詳しく話しなさい」

父親は譲らなかった。

「はじめから全部聞かせなさい」


その夜、アシュレーはベッドの中でなかなか眠れなかった。考えも行ったり来たりしていた。

〈デニスのしたことが公になったら、恥ずかしい思いをするのはわたしだ。職場のみんなにも知られることになる。でも、被害者をこれ以上出さないためにも、やはり警察に訴え出よう〉

デニスが彼女にのぼせている、といろんな人から忠告されていたではないか。それを彼女は無視してしまった。気をつけていれば、こうなる兆候は見てとれたはずだ。彼女がほかの人と話すのをデニスはいつも嫉妬していた。何度もしつこくデートに誘い、盗み聞きまでしていた。

〈少なくともストーカーがだれかは分かったわ〉

朝の八時半、アシュレーが会社へ行く用意をしているときに、電話のベルが鳴った。彼女は受話器をとりあげた。

「ハロー？」

「アシュレー、わたしだよ。シェーンだ。ニュースを聞いたかい？」

「なんのニュース？」

「いまもテレビでやってるよ。デニス・ティブルの死体が見つかったって」

その瞬間、アシュレーの足元で地面が揺れだした。

「まあ、なんていうこと！　いったいなにがあったの？」

「保安官事務所の説明によると、何者かがティブルを刺し殺して、去勢までしたんだそうだ」

第六章

サム・ブレーク保安官補がクパチーノ保安官事務所でいまの地位を得るに至った道のりは涙なしには語れない。話せば長くなるから、簡単に言うとこうだ。

彼の結婚相手が保安官の妹、セレナ・ドーリングだった。気みじかで強情なうえ、その丈夫な舌を使えばオレゴンの要塞をも崩せそうなくらい口やかましい女である。サム・ブレークは、セレナが出会った男のなかでただひとり彼女を扱えそうな雰囲気を持っていた。背は低いが、やさしくて、温厚で、聖人のようにがまん強かった。彼女の態度がどんなに悪くても、彼は妻の怒りがおさまるのを待ち、「ぼくが悪かった」と言って妻に仲直りの手を差し伸べる。顔の甘いところが女泣かせでもある。

サンフランシスコ市警に就職したブレークが保安官部に入ったのは、マット・ドーリング保安官が親友だったからだ。ふたりは同じ学校に通い、一緒に遊びながら成長した。ブレークは警察の仕事が好きで、実際に優秀な保安官だった。勘が鋭く、相手を問い詰めるインテリジェンスをもちあわせ、捜査にあたってはとても粘り強かった。この性格が彼を管内随一の腕利き捜査官に仕立てていた。

その朝、サム・ブレークはドーリング保安官と一緒にコーヒーを飲んでいた。ドーリング保安官が言った。

「昨日の夜、妹が暴れたんだってな。近所の人間からうるさいって苦情の電話がかかってきたよ。あいつはわめきのチャンピオンだからな」

サムは肩をすぼめた。

「おれがなんとかおさめたよ、マット」

「おれはもう一緒に住んでないからいいけど、おまえは大変だな。あいつが短気なのは――」

警察無線から声が響いてきて、ふたりの会話は中断された。

「保安官、911に電話がありました。サニーベール通りで殺人事件が起きたそうです」

ふたりは顔を見合わせた。サム・ブレーク保安官補がうなずいた。

「おれが捕まえる」

それから十五分後、ブレーク保安官補はデニス・ティブルのアパートに足をふみ入れた。先に来ていたパトロールの警察官が居間で管理人の話を聞いていた。

「死体はどこなんだい？」

ブレークが訊いた。

パトロールの警察官はベッドのほうを見てうなずいた。

「あの中です」

警察官の顔は青ざめていた。

寝室に入るなり、ブレーク保安官補はショックでその場に立ち尽くした。丸裸の男がベッドにだらんと横になっていた。ブレークの第一印象は血が部屋中に染みていることだった。ベッドに近寄ってみて、どこから流れた血なのかすぐに分かった。たたき割ったビンの丸い刃が犠牲者の背中を何度も刺していた。怒りにかられた行動にちがいなかった。引き裂かれた犠牲者の背中にはガラスのかけらがたくさん刺さっていた。しかし、流血の源は背中ではなかった。犠牲者の睾丸が鋭利な刃物ですっぱり切りとられていた。

それを見ているうちに、ブレークは自分の股間が痛くなってきた。

「よくもまあ、ここまで――これが人間のやることかね？」

ブレークは声に出して言った。凶器は見あたらなかったが、これから家中を捜索してはたして出るかどうか。

ブレーク保安官補は居間に戻って管理人の話を聞いた。

「死人とは知り合いかね？」

「ええ。わたしは管理人で、これは彼のアパートですから」

「彼の名前は？」

「ティブル。デニス・ティブルです」

保安官補はメモをとった。

「彼はここにいつから住んでいるんだね？」

「かれこれ三年になりますね」

「彼について知っていることがあったら聞かせてほしい」

「それが、あまりよく知らないんですよ。人づき合いの悪い人でしたから。家賃はいつもきちんと払ってくれていました。ときどき女性を連れこんでいたようですが、みんな商売女みたいでしたね」

「彼の勤務先は？」

「ああ、それは、グローバル・コンピューター・グラフィックス社ですよ。会社ではかなりの技術者のようでしたけど」

保安官補はメモをとりつづけた。

「死体を見つけたのはだれなのかね？」

「メードのマリアです。昨日は休日だったので、今朝来てみたらこういうことになっていたんです」

「彼女の話を聞きたいんだが」

「ええ、いいですよ。すぐ呼んできます」

マリアは四十歳ぐらいの色の黒いブラジル人女性だった。保安官補のまえに連れてこられて、可哀そうなぐらいビクビクしていた。

「あんたが死体を見つけたんだね、マリア？」

「わたしがやったんじゃありません。誓います」

彼女はいまにもヒステリーを起こしそうだった。

「弁護士さんを呼んだほうがいいんでしょうか？」

「いや、そんな必要はないね。あったことを話してくれればいいんだ」

「話すことなんてなにもありません――いつものように、今朝もそうじをするためにあの人の部屋に入ったんです――あの人はいつも七時に出かけてしまいますから、もういないと思ったんです。それでわたしは、まず居間をかたづけて、それから――」

〈クソッ！　現場がかたづけられてしまった〉

「じゃあマリア、かたづけるまえの部屋の様子はどんなふうだったかな？」

「といいますと？」

「なにか動かしたり、捨てたりした物はあるのかな？」

「はあ、それはあります。割れたビンが床に転がっていました。とても危ないので、わたしは――」

「それをどうしたのかな？」

保安官補は急きこんで訊いた。

「ゴミ処理機に入れて砕きましたけど」

「ほかになにがあったのかな?」

「灰皿をきれいにしました。それから——」

「吸い殻は入っていたのか?」

メードは思いだそうとして下をむいた。

「一本ありました。わたしはそれをキッチンのゴミ箱に捨てました」

「ちょっとそれを見てみたいな」

保安官補は彼女のあとについてキッチンに入った。メードはゴミ箱を指さした。中にはたしかに吸い殻が一本捨てられていた。保安官補はそれを封筒で用心しながらすくいあげた。

それから、メードを連れて居間に戻った。

「マリア、アパートからなにかなくなっている物はあったかな? なにか消えた貴重品とか?」

メードは部屋のなかをぐるっと見まわした。

「なにもなくなっていないと思いますけど。この木彫りの像はティブルさんが集めていたものです。とても高いものらしいんですけど、みなちゃんとありますね」

〈ということは強盗ではないな。ドラッグか? 恨みか? それとも痴情のもつれか?〉

「ここをかたづけてからどうしたのかな、マリア？」

「いつものようにバキュームクリーナーをかけました。それが終わってから——」

メードの声が急に小さくなった。

「寝室に入って……あの人を見つけたんです」

マリアは上目づかいで保安官補を見上げた。

「わたしは誓ってやっていません」

検視官事務所のワゴンが現場に到着した。検死官と助手が死体用のバッグを抱えてやってきた。


三時間後、サム・ブレークは保安官事務所に戻っていた。

「どうだった、サム？」

「どうということないね」

ブレークはそう言いながら、ドーリング保安官とむかいあって座った。

「グローバルで働いているデニス・ティブルという男はコンピューターの天才だったらしい」

「殺されたんじゃ天才もクソもねえな」

「あれは単なる殺しじゃないね、マット。あんな手口はめったにない。ちょっと異常だね」

「証拠類は?」

「凶器はまだ特定できていない。研究所からの結果を待つしかないが、もしかしたら割れたビンかもしれない。それをまたメードがゴミ処理機でこなごなにしちゃったんだ。背中に刺さっているガラスの破片に指紋が残っていればいいんだが。近所の聞き込みもやったんだけど、なにも出てこなかった。犠牲者のアパートに出入りした人間を目撃した者もいなかったし、物音を聞いた者もいなかった。ティブルは社交家タイプではなくて、となり近所とのつき合いはなかったらしい。ただ、ひとつだけはっきり証明できることがある。ティブルは死ぬまえにセックスをしている。女性の体液のシミもあったし、陰毛も落ちていた。ほかにもあれこれあったけど、タバコの吸い殻には口紅がついていた。DNA鑑定に送ろうと思っている」

「新聞が大はしゃぎするぞ、サム。大見出しが見えるようだ――〝異常殺人犯、シリコンバレーを襲う〟ってな」

ドーリング保安官はため息をついた。

「この件はできるだけ早くかたづけよう」

「これからすぐグローバル社に行こうと思うんだ」

会社に出ようかどうしようかアシュレーは一時間も迷っていた。頭の中はくたくただった。

〈こんな状態で会社へ行ったら、みんなに感づかれてしまう。わたしの顔を見ただけでおかしいと分かるだろうから。でも、わたしが会社へ行かなかったら、みんなはその理由を知りたがるだろう。警察も来て事情聴取をするだろう。訊かれたら正直に話すしかない。でもやはり、わたしは信用されなくて、デニス・ティブル殺人犯に仕立てあげられてしまうかもしれない。ティブルのことをお父さんに話したと正直に言えば、今度はお父さんが疑われる〉

ジム・クリーリー殺しのことが思いだされた。級友のフローレンスの話がまだ耳に残っている。

〈〝出先から戻ってきたジムの両親が彼の死体を見つけたのよ。刺し殺されたうえに、去勢されていたそうよ〟〉

アシュレーは目を固く閉じた。

〈どうしよう。どうしよう。わたしに、いったいなにが起きているの!?〉

従業員たちが暗い顔でひそひそ話をしているところに保安官補が入ってきた。ブレークは、従業員たちがなんの話をしているのか、聞かなくても分かった。シェーン・ミラーのオフィスへむかう保安官補をアシュレーが不安な面もちで見送っていた。

シェーンは立ちあがって訪問者を迎えた。

「ブレーク保安官補ですね？」

「ええ、そうです」

ふたりの男は握手を交わした。

「どうぞ、おかけください」

サム・ブレークはいすに腰をおろした。

「デニス・ティブルはおたくの従業員ですな？」

「ええ。うちの最優秀エンジニアのひとりでしたけど、大変なことになりました」

「勤務年数は三年？」

「ええ、天才的な男でした。コンピューターに関することで彼に不可能はありませんでした」

「人づき合いはどうでした？」

シェーン・ミラーは首を横にふった。

「そっちの方はだめでしたね。どちらかと言うと孤独な男でしたから」

「ドラッグにはまっていたということはありませんでした？」

「デニスがですか？　それは考えられませんね。健康優良児でしたから」

「ギャンブルはどうですか？　だれかから多額の借金をしていたようなことはありませんでした？」

「いいえ、それもありません。彼は高給取りでしたし、とても締まり屋でした」

「女性関係はどうでした？　ガールフレンドはいたんですかな？」

「はっきり言って、モテない男でしたね」

シェーン・ミラーはちょっと考えてからつづけた。

「でも最近、結婚相手ができたって周囲には吹聴していたようですが」

「相手の女性の名前は言っていました？」

ミラーは首を横にふった。

「いいえ。わたしは聞いていません」

「おたくの従業員から話を聞きたいんですが、いいですか？」

「ええ、どうぞ。勝手に行って聞いてください。でもみんな、相当ショックを受けていますから、そのつもりで」

〈ティブルの死体を見たら、生半可なショックではすむまい〉

ブレークはそう思いながら、シェーン・ミラーと一緒に仕事場に出た。シェーン・ミラーが仕事中の従業員たちにむかって声をはりあげた。

「みなさん、注目！ こちらは保安官補のブレークさんです。訊きたいことがあるそうですから、訊かれた人は協力してやってください」

従業員たちは仕事の手を止めてシェーン・ミラーの言葉に耳を傾けていた。保安官補が話を継いだ。

「ティブルさんの件はみなさんもお聞きになっていると思います。犯人を捜すためにみなさんの協力が必要です。ティブルさんに敵がいたかどうか、その辺をご存じの方はいませんか？ 彼を殺したいほど憎んでいた人間がいなかったかどうか？」

従業員たちからはなんの反応もなかった。ブレークはつづけた。

「彼には結婚する予定の女性がいたそうですが、そのことで彼の話を聞いたことのある方は？」

アシュレーは呼吸が苦しくなってきた。言うならいまだ。自分がティブルにされたことを警察に訴えるには絶好の機会だ。だが、そのことを話したときの父親のあの目の表情が思いだされる。もしわたしがここでなにか言えば、警察は、いの一番に父親を疑うだろう。

父親が人を殺すはずはない。

彼は医者であり、高名な外科医なのだ。

しかし、デニス・ティブルは去勢されていた。

保安官補の話がつづいていた。

「……金曜日、この事務所を出てからの彼を見た人はいないんですね？」

保安官補の話にじっと耳を傾けながら、トーニ・プレスコットは思っていた。

〈ほら、立って話しなさいよ、気どり屋さん。あの夜、彼のアパートへ行ったんでしょ。早く正直にそう言いなさいよ〉

みんなの無反応にブレークは失望したが、それを顔に出さずに、立ってだれかがなにか言うのを待った。

「もしどなたか、なにか役に立ちそうなことを思いだしたら、わたしのところに電話してください。番号はミラーさんに教えてあります。それではおじゃましました」

従業員たちは保安官補がシェーンと一緒に出ていくのを見送った。

アシュレーはホッと胸をなでおろした。保安官補がシェーンに顔をむけて言った。

「彼がとくに親しかった人はこの職場内にいますか？」

「いや、そういう人間はいませんね」

シェーンが答えた。

「彼が惚れていた相手はいたようですけど、一緒に出かけたことは一度もないようですね。その相手というのはコンピューターのオペレーターをしている女性ですけど」

ブレークは足を止めた。

「その人はいま会社にいますか?」

「ええ。しかし――」

「ぜひその人の話を聞きたいですな」

「いいでしょう。でしたら、わたしのオフィスを使ってください」

アシュレーはふたりが戻ってくるのに気づいた。ふたりはしかも彼女のブースにむかってやって来るようだった。アシュレーは顔がほてるのをどうすることもできなかった。

「アシュレー、ブレークさんが話を聞きたいんだそうだ」

ほうら来た! やはりこの人は知っていたんだ。ティブルのアパートに寄ったことを聞かれるに決まっている。

〈言葉に気をつけよう〉

アシュレーは自分に言い聞かせた。

保安官補は彼女をじっと見つめて言った。

「話を聞かせてくれますね、ミス・パターソン？」

アシュレーの口が勝手に答えていた。

「ええ、喜んで」

アシュレーは保安官補のあとにつづいてシェーン・ミラーのオフィスに入った。

「まあ、かけてください」

ふたりはいすに座った。

「デニス・ティブルはあなたのことを好きだったようですが？」

「それは――そうだと……」

〈言葉に気をつけるのよ〉

「ええ、そうだと思います」

「彼とデートしたことはありますか？」

〈彼のアパートに立ち寄るのとデートとは意味が違う〉

「いいえ、ありません」

「彼はあなたに話しませんでした？　結婚したいと思っている女性のことを？」

相手はどんどん核心をついてくる。この聞き取りは録音されているのだろうか？　わたしがティブルのアパートに行ったことを知っているのかもしれない。わたしの指紋だってあのアパートのあちこちに残っているはずだ。いまこそ、ティブルがわたしにしたことを保安官補に訴えるべきではないか。

〈でも、そんなことをしたら〉

アシュレーはジレンマのなかで絶望した。

〈捜査の手がお父さんに伸びる。それだけでなく、ジム・クリーリー殺人事件との関連性についても調べられるだろう〉

警察はそこまでつかんでいるのだろうか？　しかし、あれはベッドフォードで起きたことだ。東の果てのベッドフォードの警察が、この西海岸のクパチーノの警察に事件の情報を送ったりするだろうか？　いや、いや。警察の組織は、どんなに離れていても意外に緊密なのかもしれない。

ブレーク保安官補は答えを待って彼女の顔を見つめていた。

「どうなんですか、ミス・パターソン？」

「はあ？　ああ、ごめんなさい。あまりのことに、わたしショックで……」

「分かりますよ。それでティブルは、結婚したい女性のことをあなたに話したんですか？」

「ええ……でも、名前までは言いませんでした」

少なくともそれは事実だ。

「ティブルのアパートに行ったことはありますか？」

アシュレーは大きくため息をついた。ここで〝ノー〟と言えば、事情聴取はたぶんこれで終わりになるだろう。だがもし、わたしの指紋がすでに発見されていたら……。

「ええ、行ったことはあります」

「彼のアパートに行ったんですね？」

「はい、そうです」

保安官補は彼女の顔をさぐるように見つめていた。

「デートしたことはないってさっき言いましたね？」

アシュレーはあせった。

「ええ、言いました。デートはしたことありません。彼のアパートに寄っただけです。彼が忘れた書類を届けてやったんです」

「それはいつでした？」

アシュレーは、誘導されている、と感じた。

「それは……一週間くらいまえでした」

「彼のアパートに行ったのはそのときだけですか？」

「ええ、そうです」

もし警察がわたしの指紋をすでに押さえていたら、わたしはこれで犯人にされてしまうかもしれない。

ブレーク保安官補はなおもアシュレーの様子を観察していた。アシュレーは心の迷いと良心の呵責とで胸が痛んだ。できたらこの場で真実を話したかった。ティブルはきっと押し込み強盗にでも殺されたのだろう――十年まえに四千五百キロ離れたところでジム・クリーリーを殺した同じ強盗に。偶然ということを信じるなら。サンタクロースの存在を信じるなら。

〈お父さん、あなたはなんていうことをしてくれたの！〉

保安官補が言った。

「これは凶悪な犯罪だ。でも動機が見あたらない。わたしの長い捜査経験からして、動機のない犯罪は考えられない」

アシュレーからの答えはなかった。

「デニス・ティブルは麻薬を常習していませんでしたか？」

「それはなかったと思います」

「となると、残りは限られてくるな。麻薬ではない、強盗でもない、借金もしていない。残るのは痴情ということになる。そう思いませんか？　彼に嫉妬するだれかが――」

〈娘を守ろうとする父親の可能性もあるわ〉

「わたしもどういうことなのか見当がつきません、保安官」

保安官補はじっと彼女の顔を見つめた。彼の目がこう言っていた。

〝おれはあんたの話を信用していないぞ、おねえちゃん〟

ブレーク保安官補は立ちあがり、名刺をとりだしてアシュレーに渡した。

「なにか思いだしたことがあったら、わたしに電話をくれますか?」

「ええ、喜んで」

「では、よい一日を」

アシュレーは保安官補が立ち去るのを見送った。

〈なんとかやり過ごせたわ。でも、お父さんはまっ黒〉


その夜、アシュレーがアパートに戻ると、留守番電話にメッセージが届いていた。

「〝おかげで昨日の夜は本当に燃えたぜ、ベイビー。でも不完全燃焼だった。今夜こそ約束したとおり楽しませてもらうからな。例の場所で、同じ時間に〟」

アシュレーはその場に立ち尽くして耳を疑った。

〈頭がおかしくなりそう〉
彼女はおびえながらも、半面ホッとしていた。
〈お父さんではなかったんだ。犯人はほかにいる。だれだろう？　どうしてわたしを付け狙うのだろう？〉

五日後、アシュレーのところにクレジット会社から最新の支払い明細書が送られてきた。三つの項目が彼女の注意を引いた。

モード・ドレス・ショップ――　＄四五〇
サーカスクラブ　　　　　――　＄三〇〇
ルイーズ・レストラン　　――　＄二五〇

どの店名も初耳で、アシュレーにはまったく心あたりがなかった。

第七章

アシュレー・パターソンは毎日テレビや新聞を見てデニス・ティブル殺人事件に関する捜査の進展をフォローしていた。警察の捜査は行き詰まっているようだった。

〈これで少なくとも疑われることはなさそうだわ〉

アシュレーがそう思ったその晩、当のサム・ブレーク保安官補がアパートを訪ねてきた。

彼の姿を見るなり、アシュレーは口の中がカラカラになった。

「突然おじゃましてすみません」

保安官補は説明した。

「いま帰り道なんですが、二、三訊きたいことがあって、ちょっと寄ったんです」

アシュレーは生つばを飲みこんだ。

「はあ、それはいいですけど。では中にお入りください」

保安官補はアパートのなかに足を踏み入れた。

「なかなかいいところですね」

「ありがとうございます」

「でも、このインテリアのセンスはデニス・ティブルの趣味には合わなかったでしょうな」

保安官補の変な指摘に、アシュレーは心臓がドキドキしてきた。

「さあ、よく分かりません。彼はここに来たことがありませんから」

「ああ、そうなんですか。来ているものと思っていました」

「いいえ、それはありません。まえにも言ったとおり、デートしたこともないんですから」

「なるほど。座っていいですか？」

「どうぞ」

「正直なところ、この件では頭を抱えています。ふつう動機というものがあるんですがね。

この件に関するかぎり、どんなパターンにも当てはまらないんですよ。グローバル社の人たちからいろいろ聞きましたが、ティブルをよく知る人間はひとりもいません。彼はそんなに人づき合いが悪かったんですかね？」

アシュレーは話を聞きながら、ハンマーが振りおろされるのを待った。保安官補はつづけた。

「まあ、みんなの話を総合すると、彼が興味を持っていたのはあなただけだったようですね」

警察はなにか見つけたのだろうか？　それともエサをまいているのだろうか？

アシュレーは用心しながら言った。

「あの人はわたしに興味があったようですけど、わたしのほうはぜんぜん興味がありませんでした。彼にもそのことははっきり言いました」

保安官補はうなずいた。

「彼のアパートに書類を届けてやったなんて、あなたもずいぶん親切ですね」

〝書類って、なんのことですか？〟

思わずそう言いかけたところで、アシュレーは自分が話したことを思いだした。

「いえ、そんなことはたいした手間ではありません。どうせ帰り道ですから」

「なるほど。でも、あんな殺し方をするくらいだから、犯人は相当ティブルを憎んでいたんでしょうな」

アシュレーは座ったまま、身を硬くしてなにも言わなかった。

「わたしはこうなるのが嫌いなんですよ」

ブレーク保安官補は語りかけるように言った。

「迷宮入りというやつがね。フラストレーションがたまるんです。事件が迷宮入りになるということは、犯人の頭がいいということではなくて、警察の頭の悪さが証明されるようなものだからです。それでも、いままではツイてましたよ。わたしが出合った事件はみな、なんとか解決してきましたから」

保安官補は立ちあがった。

「この件も投げだしたりはしませんよ。もし捜査に役立つようなことを思いだしたら、電話をくれますね、ミス・パターソン？」

「ええ、もちろんです」

アシュレーは保安官補が立ち去るのを見送りながら思った。

〈あの人はわたしに警告するために立ち寄ったのかしら？　いろいろ知っているくせに、あんなことを言っているのだろうか？〉

トーニはインターネットに夢中だった。ジャン・クロードと〝チャット〟するのがいちばんの楽しみだったが、ほかの人たちとのチャットも同時に楽しんでいた。コンピューターのまえに座り、画面に映しだされるメッセージのやり取りにわれを忘れてのめりこんでいた。

〝トーニ？　どこへ行っていたんだい？　きみのことをずっと待っていたんだよ〟

〝わたしは待つだけの価値がある女よ。あなたのことを聞かせてちょうだい。なんの仕事をしているの？〟

〝薬局で働いているんだ。きみを特別扱いしてやるよ。ドラッグはやるかい？〟

〝バイ〟

〝トーニかい？〟

〝そうよ、あなたの夢に応えるトーニよ。マークなのね？〟

〝そうだよ〟

〝最近あなたはインターネットに入ってこなかったわね？〟

〝忙しかったんだ。会いたいね、トーニ〟

〝あなたのこと聞かせて、マーク。職業は？〟

〝図書館の職員さ〟

〝まあ、すてき。たくさんの本に囲まれて……〟

〝きみにどうしたら会える？〟

〝ノストラダムスに訊いてみたら？〟


〝ハロー、トーニ。わたしの名はウェンディよ〟

〝ハロー、ウェンディ。楽しそうな方ね〟

〝わたしは人生を楽しんでいるから。あなたにももっと人生を楽しむ方法を教えてあげる〟

〝へえ、どんなこと、それ？〟

〝あなたはきっと心がせまくて、新しいことを試す勇気のない人なんでしょう。わたしがいろいろ教えてあげたい〟

〝ありがとう、ウェンディ。でも、あなたが持っている幼稚なオモチャじゃ、わたしきっと満足できない〟

ジャン・クロード・パロンが画面に戻ってきた。

〝ボン　ニュイ。コモン　サ　バ？　ご機嫌いかが？〟

〝わたしは元気よ。あなたは？〟

〝寂しかった。早くあなたに会いたい〟

〝わたしもよ。写真を送ってくれてありがとう。ハンサムなのね〟

〝あなたこそ美人だよ。直接会うことがおたがいにとって大切だとぼくは思う。今度ケベックシティーで開かれるコンピューターの大会にあなたの会社は参加するんですか？〟

〝なんのこと？　知らなかったわ。それはいつあるの？〟

〝三週間後です。大きな会社がたくさん集合します。あなたも来るといいんだけど〟

〝そうなるといいわね〟

〝明日、また同じ時間にチャットルームで会えるかな？〟

〝もちろんよ。ではまた明日ね〟

〝ア　ドマン〟

つぎの朝、シェーン・ミラーがアシュレーの机にやってきた。

「あのね、アシュレー。ケベックシティーでコンピューター業界の一大コンベンションがあるんだけど、知ってた？」

アシュレーはうなずいた。

「ええ。なかなかおもしろそうね」

「うちの会社でも代表を送ろうかどうしようか、いま話しあっていたところなんだ」

「ほとんどの会社が行くようね」

アシュレーが言った。

「シマンテックも、マイクロソフトも、アップルも、主なところはみんなね。ケベックシティーもだいぶ力を入れているらしいわ。そんなところに行けたらクリスマスのボーナスよね」

シェーン・ミラーが意味ありげににんまりした。

「わたしが話をつけてやる」

そのつぎの朝、アシュレーはシェーン・ミラーの部屋に呼ばれた。

「クリスマスをケベックシティーですごすというのはどうだい？」

「うちの会社も行くんですか？　すてき！」

アシュレーは目を輝かせて言った。いままでは、クリスマスといえばいつも父親と一緒だった。だが、今度のクリスマスだけはそうしたくないと思っていた矢先だった。

「あたたかい格好をしていったほうがいいぞ」

「そのことなら心配しないで。ああ、その日が来るのが楽しみだわ、シェーン！」


トーニはインターネットのチャットルームに入っていた。

〝ジャン・クロード、会社は代表をケベックシティーに送ることに決めたわ！〟

〝それはすばらしい。うれしいな。それで、あなたはいつこっちに着くんですか？〟

〝二週間後よ。わたしたちのグループは総勢十五人〟

〝夢みたいだ！　ドキドキするな。これからぼくたちにとってとても重要なことが起きるんだね〟

〝わたしもドキドキしているわ〟

〈重要なことが起きるんだもの〉

あいかわらずアシュレーは夜のニュースを追っていた。だが、デニス・ティブル殺人事件に関する進展はなかった。アシュレーの心配は消えかけていた。警察が事件と彼女を結びつけることができないなら、当然、父親との関連にもたどり着けないはずだ。感情を殺して父親にぶつかってみようとしたことも何度かあったが、そのたびにアシュレーは意思をひるがえした。もし父親が無実だったらどうする？　殺人犯と一度でも疑ったわたしを許してくれないだろう。

〈それよりも、もし本当に父が犯人だとしたら、わたしはその事実を知りたくない〉

アシュレーは思った。

〈耐えられないもの。もしお父さんが本当にやったのなら、あくまでもわたしを守るための犯行だったのでしょう。いずれにしても、今度のクリスマスだけはお父さんと一緒にいたくない〉

アシュレーはサンフランシスコの父親に電話した。前置きなしにこう言った。

「今年のクリスマスは一緒にすごせないわ、お父さん。会社から派遣されてカナダでのコンベンションに出席するの」

ふたりのあいだに沈黙が流れた。

「それはタイミングが悪いな、アシュレー。クリスマスはいつも一緒だったのに」

「でも仕事だから、しょうがないでしょ」

「わたしにはおまえしかいないのを知っているだろ？」

「ええ、知ってるわ、お父さん……わたしにもお父さんしかいないわ」

「そこが大切なところだ」

〈殺人を犯すほど大切なこと？〉

「そのコンベンションっていうのはどこで開かれるんだい？」

「ケベックシティーよ」

「ああ、あそこか。きれいなところだ。わたしもだいぶ前に行ったことがある。ではこうしよう。その時期ならわたしのスケジュールもなんとかやり繰りできるから、わたしがカナダへ飛ぶことにしよう。ケベックシティーで一緒にクリスマスの夕食をとろうじゃないか」

アシュレーはあわてた。

「それはいいけど――」

「おまえが泊まる予定のホテルにわたしの分も予約しておいてくれないか？　長年のしきたりを壊したくないからね。おまえだってそうだろ？」

アシュレーは戸惑いがちに言った。

「ええ、お父さん」

〈わたし、お父さんの顔が見られそうにない〉


アレットは興奮していた。声も弾んでいた。

「ねえ、トーニ。わたし、ケベックシティーへ行くのははじめてなの。あそこに美術館はある？」

「もちろん、あるに決まってるじゃないの」

トーニは言った。

「なんでもそろっているわよ。とくにウインタースポーツがいろいろできるわ。スキーとかスケートとか……」

アレットはぶるっと震えた。

「わたし、寒いのが苦手なの。だからウインタースポーツなんてだめ。手袋をしても指がかじかんじゃうんだから。わたしは美術館に入りびたっているわ。そして……」

十二月二十一日。ジャン・ルサージュ国際空港に降り立ったグローバル・コンピューター・グラフィックス社の一行は、空港バスに乗り継いでケベックシティーの名物ホテル《シャトー・フロントナック》に到着した。外は氷点下二十度の寒さだった。道には厚い雪が積もっていた。


トーニはチェックインするとすぐ、ジャン・クロードから聞いていた番号に電話した。

「夜遅くで、おじゃまじゃなかったかしら？」

「とんでもない。あなたがこの街に来たなんて信じられない。いつお会いできる？」

「そうね。明日の午前中、全員が一緒にコンベンションセンターに行くことになっているの。でも大丈夫よ。わたしはうまく抜けだして、あなたと一緒に昼食をとるわ」

「ボン！　ではレストランで落ち合いましょう。グランド・アレー・イースト通りに《ル・パリ・ブレ》という店があるから、そこに一時に来られますか？」

「ええ、大丈夫よ」

ルネ・レベスク大通りに建つサントル・デ・コングレ・ドゥ・ケベックは、鋼鉄とガラスでできた四階建ての近代ビルである。午前九時、大会場は世界中から集まったコンピューター関係者でごった返していた。会場中につくられたブースには日進月歩の最新成果が誇示されている。展示会場のほかに、マルチメディアルームやビデオ大会議室もあった。六種類ほどのセミナーも同時に進行していた。

トーニははじめからあくびを連発した。

〈説明ばっかりで、アトラクションなんてなにもないじゃないの〉

彼女は十二時四十五分に会場を抜けだし、タクシーをひろってレストランへむかった。店ではジャン・クロードがはじめて見るトーニの到着を待ちわびていた。

彼は立ちあがると、トーニの手をとり、温かい声で言った。

「トーニ、来てくれてありがとう。ぼくはとてもうれしい」

「わたしもよ」

「あなたの滞在が楽しくなるよう、ぼくにもお手伝いさせてください」

ジャン・クロードは言った。

「きれいな街です。お見せしたいところもたくさんあります」

トーニは彼の顔を見てにっこりした。

「わたしもわくわくしているのよ」

「この休暇中、ぼくはできるだけあなたと一緒にいようと思っています。いいですね？」

「仕事はどうされるんですか？　宝石店のほうは大丈夫なんですか？」

ジャン・クロードは顔をほころばせた。

「ぼくがいなくても運営できるようになっているんです」

ボーイがメニューを持ってきた。

ジャン・クロードがトーニに顔をむけて言った。

「フレンチ・カナディアン料理を召しあがってみますか？」

「ええ、食べてみたいわ」

「じゃあ、ぼくに選ばせてください」

ジャン・クロードがボーイに言った。

「ブロム・レーク・ダックリンをいただこうかな」

ジャン・クロードは注文した料理をトーニに説明した。

「リンゴを詰めてカルバドスで煮こんだ小ガモ料理ですよ」

「おいしそうね」

食べてみると本当においしかった。


昼食をとりながら、ふたりはお互いのいままでの生活を教えあった。

「では、あなたは一度も結婚したことがないんですか？」

トーニが訊くと、ジャン・クロードがうなずいた。

「それで、あなたは？」

「わたしも結婚の経験はないわ」

「理想の人にめぐり合わなかったわけですね？」

〈事がそんなに簡単だったら苦労はないわ〉

「そういうことね」

話題はケベックシティーのことに移った。ふたりは、どこでなにをしようか相談した。

「スキーはやりますか？」

トーニはうなずいた。

「大好きよ」

「ボン！　ぼくもスキーが大好きなんです。そのほかにも、スノーモービルとか、アイススケートとか、ショッピングとか……」

熱心に話す彼の態度には少年のような純粋さがあった。トーニがこんなに気持ちのいい男性とつき合うのははじめてのことだった。


午前中はコンベンションに参加して午後は各自自由、というのがシェーン・ミラーの手配だった。

「わたし、やることがなくて困っちゃうわ」

日曜画家のアレットが遊び上手のトーニにこぼした。

「外は凍るように寒いし。あなたは何をしてすごすの？」

「いろいろ」

トーニはにんまりした。

〈待ち遠しくてたまらないくらいよ〉

トーニとジャン・クロードは毎日昼食を共にして、午後は一緒にすごした。ジャン・クロードの案内で市内見物もした。トーニには見るものすべてがめずらしかった。ケベックシティーは十九世紀のフランス人移民村の面影をいまに残し、道の名前のひとつひとつが未開だった当時を彷彿させてくれる。〝首の骨折り階段〟とか〝砦《とりで》の下通り〟とか〝水夫の飛びおり通り〟といったぐあいである。

ふたりはケベックの旧市街を囲う要塞を見に出かけた。そして、要塞のなかで行なわれる昔ながらの衛兵の交代風景も見物した。〝サン・ジャン〟や〝カルティエ〟や〝コート・ドゥ・ラ・ファブリック〟などのショッピング街も散策した。そのあとは〝カルティエ・プティ・シャンプラン通り〟をぶらついた。

「ここは北米大陸でももっとも古い商業地区なんだ」

ジャン・クロードが解説した。

「おもしろいわ」

ふたりの行く先々に光り輝くクリスマスツリーが立ち、音楽が流れ、キリスト降誕のシーンが飾りつけられていて、道行く人たちのクリスマス気分を盛り上げていた。ジャン・クロードは郊外でのスノーモービリングにトーニを連れだした。せまいスロープをすべりおりながら、ジャン・クロードが大声でトーニに呼びかけた。

「楽しいかい？」

月並みな質問だった。トーニはひとつも楽しくなかったが、うなずいて答えた。

「ええ、楽しいわ」


アレットは美術館で時をすごした。〝ノートルダムのバシリカ〟にも行ってみたし、〝グッド・シェファード・チャペル〟や〝オーガスティン美術館〟にも出かけた。ケベックシティーで彼女が興味を持てそうなものはそれぐらいしかなかった。グルメを喜ばせるおいしいレストランがいくつもあったが、彼女が行くところはホテル内のコーヒーショップか、菜食主義者のカフェテリア《ル・コマンサル》ぐらいだった。

そのあいだアレットは、サンフランシスコの絵描き友達、リチャード・メルトンのことをよく思いだした。そして、何度も同じことを考えた。

〈彼はいまなにをしているのかしら？　わたしのことを思いだしていてくれるかしら？〉

アシュレーはクリスマスがやってくるのが怖くてしかたなかった。来ないでと言うために、父親に何度電話しようとしたことか。

〈でも、どんな言いわけをすればいいの？　あなたは人殺しだから会いたくない、なんてどうして言える⁉〉

しかし、クリスマスは冷酷に日一日と近づいていた。


「あなたをぼくの宝石店に案内したい」

ジャン・クロードが言った。ふたりからはもう初対面の気兼ねは消えていた。

「興味ありますか？」

トーニはうなずいた。

「ええ、ぜひ拝見したいわ」

《パロン宝石店》はケベックシティーの中心、ノートルダム通りにあった。入り口まで連れてこられたトーニは腰を抜かすほど驚いた。インターネットでジャン・クロードは「小さな宝石店」と言っていたが、実際は、趣味よく装飾を施された高級感ただよう堂々たる構えの店だった。店員の数も五、六人はいて、みな客の応対に忙しそうだった。トーニはぐるっと見まわしてから言った。

「すごいわ。すてきなお店ね。とってもよ」

ジャン・クロードはにっこりした。

「ありがとう。ところで、あなたにクリスマスの贈りものがあるんだ」

「いいえ、けっこうよ。そんなことをしてくれなくていいの。わたしはただ――」

「そんなことを言って。ぼくの楽しみを奪わないでほしい」

ジャン・クロードは彼女を指輪のショーケースのところに連れていった。

「あなたの好みを聞かせてくれるかな？」

トーニは首を横にふった。

「こんなに高価なもの、わたしは――」

「そんなこと言わないで、好きなのを選んでください」

トーニはジャン・クロードの表情をうかがってからうなずいた。

「それでは、お言葉に甘えて」

そう言って、彼女はもう一度ショーケースのなかに目をやった。ケースの中央に、ダイヤモンドをあしらった大きなエメラルドの指輪があった。

彼女の視線がそこに注がれたのをジャン・クロードは見のがさなかった。

「エメラルドが好きなんですか？」

「とっても綺麗。でも、それじゃあまりにも――」

「いや、これをあなたに差しあげます」

ジャン・クロードは小さなカギをとりだし、それでケースを開け、指輪を外に出した。

「いいえ、ジャン・クロード。そんなこと、わたし――」

「ぼくのために受けとってください」

ジャン・クロードはそう言いながら、指輪をトーニの指にすべりこませてしまった。指輪はトーニの手にとても似合っていた。

「さあ、どうぞ！　記念です」

トーニは彼の手をしっかりにぎった。

「わたし――なんと言っていいかしら」

「うれしいのはぼくのほうです。この近くに《パビリオン》といういいレストランがあるんですが、今夜、そこで一緒に食事してくれますか？」

「ええ、喜んで」

「では、八時に迎えにいきます」

同じ日の午後六時、アシュレーのところに父親から電話があった。

「がっかりさせて悪いんだが、アシュレー。父さんはクリスマスにそっちへ行けそうにない。南米の患者が発作を起こしちゃってね。重要人物なんだ。それで、わたしは今夜アルゼンチンへ飛ぶことになった」

「それは――それは残念だわ、お父さん」

アシュレーはいかにも残念そうに言った。

「いつかかならず埋め合わせしよう」

「そうね、お父さん。それじゃ気をつけて」


トーニは今夜の夕食が楽しみでしようがなかった。すてきな夜になるだろう。着替えをしながら、彼女はひとりで歌っていた。

街の通りを行ったり来たり
イーグル館を出たり入ったり
お金は天下のまわりもの

ほうら、イタチが逃げていく

〈ジャン・クロードはわたしを愛しているわよ、お母さん〉

《パビリオン》はケベックシティーの旧鉄道駅《ガール・デュ・パレ》の中にあった。入るとすぐ長いバーがあり、バーのむこうがテーブルの広がる広大なレストランだった。夜の十一時になると、中央のテーブルが一ダースほどかたづけられ、そこがダンスフロアに早変わりする。ディスクジョッキーが用意する音楽はレゲエからジャズ、ブルースに至るまでバラエティー豊かだ。トーニとジャン・クロードのふたりは九時に店に着き、入り口でオーナーに温かく迎えられた。

「ムッシュ・パロン、ようこそおいでくださいました」

「ありがとう、アンドレ。こちらはミス・トーニ・プレスコット。そして、こちらはミスター・ニコラス」

「さあどうぞ、ミス・プレスコット。テーブルの用意はできています」

「ここの食事は最高なんだ」

席に着いたジャン・クロードが言った。

「シャンペンからスタートしよう」

ふたりはメーンディッシュに子牛のパイヤールと、えいのムニエルを注文した。それにサラダと、イタリア産のワイン《バルポリチェッラ》をくわえた。

トーニは、ひまさえあれば、今日もらったばかりのエメラルドの指輪に見とれていた。

「本当に綺麗！」

彼女の口から独り言がもれた。ジャン・クロードがテーブル越しに身を乗りだした。

「あなたも綺麗だ。こうして会えてどんなにうれしいか、言葉では言い表わせないくらいです」

「わたしもよ」

トーニは小さな声で言った。

音楽がはじまった。ジャン・クロードがトーニの顔をのぞいた。

「踊りますか？」

「ええ」

踊りはトーニの生きがいだった。フロアに出るや、彼女はすべてを忘れた。父親と夢中になって踊る少女時代の彼女がそこにいた。母親の冷たい声が聞こえてきた。

〈〝子供の踊りは不格好だからいやだわ〟〉

ジャン・クロードが彼女を抱き寄せた。

「踊りが上手なんですね」

「ありがとう」

〈いまの言葉聞いた、お母さん？〉

踊りながらトーニは頭のなかでつぶやいていた。

〈この時間がいつまでもつづきますように〉


彼女をホテルへ送る途中でジャン・クロードが言った。

「ぼくの家に寄って一杯やっていきませんか？」

トーニは迷った。

「今夜は遠慮します、ジャン・クロード」

「じゃあ、もしかしたら明日？」

彼女はジャン・クロードの手をにぎった。

「ええ、明日ね」

午前三時。ルネ・ピカール警部補はパトカーでモンカーム広場の大通りを流していた。そのときふと、通りに面した二階建てのレンガづくりの家の玄関ドアが開いているのに気づいた。歩道に車を寄せると、警部補はおりて調べてみることにした。開いているドアから家のなかにむかって呼びかけてみた。

「ボンソワール、だれかいますか？」

答えはなかった。警部補は玄関に入り、居間にむかって歩いていった。

「警察です。だれかいませんか？」

それでも返事はなかった。家のなかは不自然に静まりかえっていた。警部補は銃ケースのボタンをはずし、一階の部屋をひとつずつ調べていった。彼の呼びかけに応えるのは不気味な沈黙だけだった。警部補は玄関に戻った。目のまえには二階につづく優雅な階段があった。警部補は上にむかって声をかけてみた。

「だれかいますか!?」

なんの答えもなかった。ピカール警部補は階段を上りはじめた。上りきるまえに銃を抜きだして構えた。ふたたび、だれかいないか呼びかけながら、二階の廊下を歩いていった。つきあたりの寝室のドアが半開きになっていた。警部補はドアを大きく開けて寝室に足を踏み入れた。警部補の顔から血の気がさっと引いた。

「大変だ！」

午前五時、ストーリー大通りに建つ警察本署の灰色の建物のなかで、ポール・カイエ警視が質問していた。

「それで、その状況は？」

ギュイ・フォンテーヌ警部が答えた。

「被害者の名はジャン・クロード・パロン。少なくとも十カ所は刺されているうえに去勢されていました。検視官の話では死後三、四時間とのことでした。被害者のジャケットのポケットにはレストランの領収書が入っていました。事件に遭うまえにレストランで食事をしたようです。レストランのオーナーを起こして、事情を聴いてあります」

「それで？」

「パロン氏は女性同伴で《パピリオン》に行っています。女性の名はトーニ・プレスコット。ブルネットの美女で、英国なまりの英語を話していたそうです。パロン氏が経営する宝石店のマネジャーの話によると、その日の午後、パロン氏は同じ特徴の女性と連れ立って店に来て、トーニ・プレスコットだと紹介したうえで、彼女にエメラルドの指輪をプレゼントしたそうです。死ぬまえ、パロン氏がだれかと性交渉をしたと信じるに足る証拠があります。彼を殺した凶器は鋼鉄製の卓上ナイフでした。指紋も残っています。うちの署の研究所と米国のFBIに照会して、いま返事を待っているところです」

「トーニ・プレスコットを連行したのか？」

「いいえ、まだです」

「なぜまだなんだ？」

「まだ見つからないんです。ホテルはしらみつぶしに全部調べました。署のファイルにもFBIのファイルにも該当者はいません。どうやら彼女は出生証明書も社会保障ナンバーも免許証も持っていないようです」

「そんなバカな！　じゃあ、その女はもう街を出てしまったということか？」

フォンテーヌ警部は首を横にふった。

「それはないと思います、警視。空港は深夜に閉まりますし、ケベックシティー発の最終列車が発ったのは昨日の午後の五時三十五分でした。今朝の始発は六時三十九分予定です。女の人相書はすでにバス停やタクシー会社やリムジン会社に手配してあります」

「名前と特徴が分かっていて、指紋もあるんだから、消えるわけないな」

一時間後、米国ＦＢＩからリポートが届いた。それによると、指紋の該当者はファイルになく、トーニ・プレスコットの名前も前歴者名簿にはないとのことだった。

第八章

アシュレーがケベックシティーから戻って五日後、父親から電話があった。

「いま帰ったところだ」

「帰ったところ？」

アシュレーは一瞬、父親がどこから帰ったのか思いだせなかった。

「ああ、例のアルゼンチンの患者さんね。その人はどうなったの？」

「彼は助かる」

「よかったわね」

「明日サンフランシスコに来られないか？　一緒に夕食でもしたいんだ」

いま父親と面とむかって話すなんて、アシュレーは考えただけで気が滅入った。しかし、いい言いわけがとっさに思いつかなかった。

「いいわよ」

「じゃあ、八時に《ルル》で会おう」


アシュレーが席に着いて待っていると、父親が店に入ってきた。店内の客たちの目が父親を見て称賛の色を帯びるのをアシュレーはまたまた見せつけられた。彼女の父親は有名人なのだ。

〈このお父さんがすべてを失うような危険を冒すだろうか？　そこまでして――〉

父親が席に着いた。

「しばらくぶりに会うとうれしさも格別だね、スイートハート。クリスマスの夕食の件は悪かった」

アシュレーは言葉を口から無理に出した。

「わたしも残念だったわ」

アシュレーはメニューを見つめながら、なにも読んでいなかった。彼女としては、考えをまとめて、とりあえず頭をすっきりさせたかった。

「なににする？」

「わたし——わたし、あまり食欲がないの」

「だめだよ、食べるようにしなくては。少しやせてきたぞ」

「わたし、チキンにしようかしら」

父親が注文するのを見ながら、アシュレーは思いきってその問題をもちだしてみようかと思った。父親がこちらをむいた。

「ケベックシティーはどうだった？」

「とてもおもしろかったわ。街もきれいだったし」

「いつか一緒に行きたいね」

アシュレーは意志を固めた。口調はできるだけさりげなさを装った。

「話は変わるけど……今年の六月、高校の十周年記念クラス会にベッドフォードへ行ってきたの」

父親はうなずいた。

「どうだった？　楽しめたかい？」

「いいえ、それが――」

アシュレーは言葉を選びながらゆっくりと言った。

「クラス会の会場ではじめて教えられたの――お父さんとわたしがロンドンへ出発した日に、ジム・クリーリーの死体が見つかったんですって。彼は刺し殺されたうえに……去勢されていたそうよ」

どう反応するだろうかとアシュレーは父の表情を見守った。

パターソン博士は顔をしかめた。

「クリーリーだって？　ああ、覚えている。おまえを追いかけまわしていたヤツだな。父さんのおかげでおまえも手を切れてよかったな。違うか？」

〈それはどういう意味？　告白のつもりかしら？　ジム・クリーリーを殺してわたしを救ったというわけ？〉

アシュレーは息を大きく吸いこんでからつづけた。

「会社のデニス・ティブルも同じ手口で殺されたのよ。刺し殺されて去勢されたんですって」

アシュレーが見ていると、父親はなんの反応も示さずにロールパンをつまみあげ、それにていねいにバターを塗った。

ようやく口を開いた父親はこう言った。

「わたしは驚かないね、アシュレー。当然の報いさ。悪いことをしていれば、悪い結末を迎えるもんだよ」

これが、人の命を救うことに身をささげるべき医師の言う言葉だろうか。

〈わたしは父のことが理解できない〉

アシュレーは自分に言った。

〈理解したいとも思わない〉

夕食が終わっても、アシュレーは真相に一歩も近づけなかったし、頭のもやもやもいっこうに晴れなかった。


トーニが言った。

「ケベックシティーは楽しかったわ。またいつか行きたいな。あなたはどうだった、アレット？」

アレットは恥ずかしそうに答えた。

「わたしは美術館が楽しかったわ」

「あれからサンフランシスコのボーイフレンドとは連絡とったの？」

「あの人はボーイフレンドってわけじゃないのよ」

「ボーイフレンドにしたいんでしょ？　素直になりなさいよ」

「もしかしたらね」

「だったら、電話したらいいじゃないの」

「でも、わたしのほうからというのは――」

「だめ、消極的な態度では。電話しなさい」


ふたりはデ・ヤング美術館で会うことになった。

「きみに会えなくて寂しかった」

久しぶりに会ったリチャード・メルトンの第一声だった。

「ケベックはどうだった？」

「とてもいいところだったわ」

「ぼくも一緒に行きたかったなあ」

〈いつかきっとね〉

アレットはその日がかならず来るような気がしていた。

「あなたの作品のほうはどう？」

「悪くないね。ついこのあいだ、有名なコレクターがぼくの作品をひとつ買ってくれたよ」

「まあ、すばらしい！」

アレットは純粋にうれしかった。そして、他人の幸せを喜ぶ自分を不思議がった。

〈この人と一緒にいるといつものわたしではなくなる。これがほかの人だったら〝あんな絵にお金を払うなんて、なんと悪趣味な人なんでしょう〟ぐらいにしか思わないのに、リチャードと一緒にいるといつもの悪意が消えてしまう〉

アレットは自分の内側に起きている変化が信じられなかった。不治の病を克服したような解放感だった。


ふたりは美術館内で昼食をとることにした。

「なににしようか？」

リチャードが訊いた。

「ここのローストビーフはなかなかイケるんだ」

「わたしは菜食主義なの。サラダだけでいいわ」

「オーケー」

若くてかわいらしいウエイトレスがテーブルにやってきた。

「こんにちは、リチャード」

「ハーイ、バーニス」

アレットは突然嫉妬を感じた。予期していなかった自分の反応に彼女は戸惑った。

ウエイトレスが言った。

「なにか決まりました？」

「うん。ミス・ピータースにはサラダを。ぼくはローストビーフサンドイッチをもらおうかな」

こちらのことを気にしている様子のウエイトレスを見てアレットは思った。

〈わたしにやきもちを焼いているのかしら？〉

ウエイトレスが立ち去ったあとでアレットは言った。

「綺麗な子ね。よく知っているの？」

そう言うなり、彼女は顔を赤らめた。

〈こんなこと、訊かなければよかった〉

リチャードはにっこりした。

「ここにはよく来るからね。いちばん最初に来たとき、ぼくはお金がなくてパンだけ注文したんだけど、バーニスはかごいっぱいに持ってきてくれてね。やさしい子だよ」

「見るからにやさしそうな子ね」

アレットはそう言いながら思った。

〈ずるい子〉

注文がすむと、ふたりの話題は時代を画した画家たちのことに移った。アレットが言った。

「いつかモネが描いたジベルニーへ行ってみたいの」

「モネは最初、漫画家だったの知ってる？」

「いいえ、初耳だわ」

「本当さ。当時、彼はブーダンと知り合ってね。ブーダンが彼に絵の手ほどきをしてやり、風景画家になることをすすめたんだ。そのことでおもしろい話があるよ。モネは風景画に凝りだし、庭に立たせた女性を高さ二メートル半ものキャンバスに直接描こうとしたんだ。それで彼は一計を案じ、庭に深い溝を掘って、キャンバスを滑車で上げ下げしながら、その絵を完成させたそうだよ。パリのオルセー美術館へ行けば、いまでもその作品にお目にかかれるけどね」

話は弾み、ふたりの時間はあっというまにすぎていった。


昼食後、アレットとリチャードは、陳列された作品を鑑賞しながら美術館のなかをぶらぶらした。古代エジプト美術からアメリカの現代絵画に至るまで、コレクションは四千点以上もある。

リチャードと一緒にいるとネガティブな考えをしなくなる自分がアレットは不思議でならなかった。

〈これはなにかいいことの前兆なのかしら〉

制服を着た警備員がふたりに声をかけた。

「こんにちは、リチャード」

「やあ、ブライアン。こちらはぼくの友達のアレット・ピータース。こちらはブライアン・ヒル」

警備員がアレットにむかって言った。

「いかがですか、ここの美術館は？」

「とてもすばらしいと思います」

「わたしもリチャードに教わって絵を描いているんですよ」

ブライアンが言うと、アレットは意外そうな顔でリチャードを見た。リチャードは照れくさそうに言った。

「教えるなんて大げさなものじゃなくて、少しアドバイスしているだけさ」

「いや、彼は立派な先生ですよ、ミス。わたしは本当は絵描きになりたかったんです。こうして美術館に勤めるのも絵が好きだからです。リチャードはよくここに来て絵を描いていましたから、教えてくれないかと頼んでみたんです。彼の作品を見たとき、自分もあんなふうに描けたらと思ってね。リチャードの絵はもう見せてもらいました？」

「ええ。すばらしい才能だわ」

警備員が行ってしまうと、アレットは言った。

「人に教えてあげるなんて、とてもいいことだと思う」

「ぼくは平凡な人たちが大好きなんだ」

リチャードがそう言うと、ふたりはお互いの目を見つめあった。

美術館を出るときにリチャードが言った。

「ルームメートが今夜はパーティーに出かけていて、いないんだ。ぼくのところにちょっと寄らないか？」

リチャードはにこっとしてから、さらに言った。

「きみに見せたい絵も二、三あるし」

アレットは彼の手をとってにぎった。

「それはだめよ、リチャード。まだだめ」

「そうか、それは残念だ。でも、また来週末に会おうね？」

「ええ」

彼女が本当はどれほどそのときを楽しみにしているか、リチャードはぜんぜん気づいていなかった。

ふたりはアレットの車のところまで一緒に歩いていった。立ち去っていく彼女の車をリチャードは手をふって見送った。


その夜、アレットは眠りに落ちながら思った。

〈リチャードがわたしを解放してくれたんだわ。まるで奇跡みたい〉

彼女のその夜の夢も主役はリチャードだった。

夜中の二時に、リチャード・メルトンのルームメート、ゲーリーが誕生パーティーから戻ってきた。室内はまっ暗だった。ゲーリーはリビングルームの照明のスイッチを入れた。

「リチャード？」

リチャードの寝室をのぞいたゲーリーはそのままウッともどしそうになり、体をくの字に曲げて腹部を押さえた。

「まあ、落ちつけよ」

ホイッテア捜査官は、いすのなかでぶるぶる震える男を見下ろした。

「さあ、話のつづきを聞かせてくれ。彼はだれかに憎まれていなかったかね？　こんなひどいことをされるほど？」

ゲーリーはごくりとつばを飲みこんだ。

「いいえ。リチャードは……リチャードはみなから好かれていました」

「しかし、彼のことを好きではなかった人間が少なくともひとりはいそうだ。きみとリチャード・メルトンはいつから一緒に住んでいるのかな？」

「一緒に住んで二年になります」

「きみたちは恋人同士なのかね？」

「とんでもない！」

ゲーリーはいきり立って言った。

「ぼくたちは友達同士です。一緒に住んでいるのは経済的な理由からです」

ホイッテア捜査官はせまい室内を見まわした。

「物取りじゃないことは確かだ」

ホイッテアは言った。

「盗める物なんてなさそうだからな。きみのルームメートにはつき合っている人間はいたかね？　男女関係という意味だが」

「いいえ――ああ、そういえば、興味を持っている女性はいましたね。最近知り合ったばかりの女性ですよ」

「その女の名前を知っているかな？」

「ええ。アレットです。アレット・ピータース。彼女はクパチーノで働いています」

ホイッテア捜査官とレイノルズ捜査官は顔を見合わせた。

「クパチーノだって？」

ホイッテアがそう言うと、レイノルズも調子を合わせた。

「これは事だぞ」


三十分後、サンフランシスコ警察のホイッテア捜査官は電話でクパチーノを管轄するドーリング保安官と話していた。

「保安官、そちらにも興味がおありだと思って連絡したんです。同じ手口の殺しがありましたよ――〝めった刺し〟に〝去勢〟のね」

「なんということだ！」

「FBIに照会したところ、同じ手口の殺人事件が過去に三件あることがコンピューターの資料で分かりました。最初のは十年まえで、起きたのはペンシルベニアのベッドフォードです。つぎは保安官のところで起きたデニス・ティブル殺しです。それからもうひとつはケベックシティーの事件。それに今回です」

「よく分からんな。ペンシルベニア……クパチーノ……ケベックシティー……サンフランシスコ……なにか共通点はあるのかね？」

「その件でいま捜査を進めているところです。米国からケベックに入るときはパスポートが必要ですから、それが手がかりになるかもしれません。いまＦＢＩに当たってもらっているのは、クリスマス時にケベックにいた米国人で、それぞれの殺人のあった時期にさっき言った四つの街のどれかにいた者がいるかどうかの確認です」


メディアが事件をかぎつけると、記事はたちまち世界中を駆けめぐった。大見出しが新聞の一面に躍った。

〝放たれた連続殺人犯……〟

〝同じ手口の惨殺体が米国とカナダで……〟

〝連続殺人犯、証拠を残すが行方が分からず……〟

新聞、テレビでは、その道の自称第一人者たちが勝手なことを言って事件を分析していた。

〝……犠牲者が全員男性であり、去勢されているところを見ると、犯人がホモであることは疑いなく……〟

〝……したがって、警察が犠牲者たちを結ぶ線を追及していけば、これらの男性たちに捨てられた哀れな女が浮かんでくるかも……〟

〝……マザコンの犯人による無差別殺人だとわたしは思う……〟


土曜日の朝、ホイッテア捜査官はサンフランシスコからサム・ブレーク保安官補に電話した。

「最新情報ですよ、保安官補」

「なんですか？」

「いまＦＢＩから連絡があったんですが、殺人事件のあった日にケベックにいたあるアメリカ人の住居がクパチーノにあることが分かりました」

「おもしろそうですね。その男の名前は？」

「それが男じゃないんです。名前はパターソン。アシュレー・パターソンです」


同じ日の午後六時、サム・ブレーク保安官補はアシュレー・パターソンのアパートを訪れ、玄関のベルを鳴らした。ドアの内側から用心深そうな女性の声が聞こえてきた。

「どなたでしょうか？」

「ブレーク保安官補です。ちょっとお話ししたいのですが、ミス・パターソン？」

しばらく沈黙があってから、ようやくドアが開けられた。アシュレー・パターソンは不安げな顔で立っていた。

「入っていいですか？」

「ええ、もちろんです。どうぞ」

〈お父さんのことを聞きに来たのかしら？　誘導尋問にかからないようにしよう〉

アシュレーは保安官補にソファをすすめた。

「お話というのは？」

「二、三お尋ねしたいんですが、いいでしょうか？」

アシュレーは落ちつかなそうに、いすの上で座りなおした。

「そ、それは、どういうことなんでしょうか？」

つづけて彼女の口が勝手に訊いていた。

「わたしに疑いがかかっているんですか？」

保安官補はにっこりして相手を安心させた。

「そういうことじゃありませんよ、ミス・パターソン。これはあくまでも形式です。殺人事件の捜査ですから」

「わたし、殺人のことなんてなにも知りません！」

アシュレーはあわてて否定した。

〈わたしの言い方、変だったかしら？〉

「最近、ケベックシティーに行きましたね？」

「ええ」

「ジャン・クロード・パロンとはお知り合いですか？」

「ジャン・クロード・パロン？」

アシュレーは首をかしげて、しばらく考えた。

「いいえ、知りません。聞いたこともない名前です。だれなんですか、その人は？」

「ケベックシティーで宝石店を経営している男性です」

アシュレーは首を横にふった。

「わたし、ケベックでは宝石の買い物など一度もしていません」

「デニス・ティブルとは同僚ですね？」

アシュレーのなかで不安がふたたび頭をもたげた。

〈やはりお父さんのことを聞きに来たんだわ〉

アシュレーは用心しながら言った。

「一緒に働いていたわけではありません。会社が同じだっただけです」

「なるほど。サンフランシスコにはよく行くんでしょ、ミス・パターソン？」

この質問の狙いはどこにあるのかとアシュレーはいぶかった。

〈注意するのよ〉

「たまに行きますけど」

「サンフランシスコで画家と知り合いになりませんでした？　画家の名前はリチャード・メルトンです」

「いいえ、そういう方は存じません」

ブレーク保安官補は行き詰まったといった顔でアシュレーの表情を観察した。こうなったら、もう伝家の宝刀を抜くしかなかった。

「それではミス・パターソン。警察本部に来て、うそ発見器のテストを受けてもらえませんか？　もし希望するなら弁護士を呼んでもけっこうですが――」

〈ほらきた！　ついにきたのね！　どうしよう、どうしよう。でも、あわてちゃだめ。毅然とするのよ。疑われてでっち上げられたりしないように〉

アシュレーは内心の動揺を隠しきれているか自信がないまま、きっぱりした口調で言った。

「いいえ、弁護士は必要ありません。テストは喜んで受けます」

うそ発見器のエキスパートはキース・ロッソンという名の男だった。署内では彼がいちばんこの器械に精通していた。突然の呼び出しで夕食のデートをキャンセルしなければならなかったが、サム・ブレークの頼みなら喜んで聞く彼だった。

アシュレーはいすに座らされ、うそ発見器につながれた。ロッソンはすでに四十五分も費やしてアシュレーからあれこれこまごましたことを聞きだし、彼女の精神状態を見はからって、いつでもはじめられる状態にあった。

「居心地は悪くありませんか？」

「いいえ、大丈夫です」

「よし。では、はじめましょう」

ロッソンはボタンを押した。

「あなたの名前を言ってください」

「アシュレー・パターソンです」

ロッソンの目は、アシュレーと、うそ発見器から出てくるプリントアウトのあいだを往復していた。

「いま何歳ですか、ミス・パターソン？」

「二十八歳です」

「お住まいは？」

「クパチーノのカミノコート10964です」

「お勤めですか？」

「はい」

「クラシック音楽は好きですか？」

「ええ」

「リチャード・メルトンのことを知っていますか？」

「いいえ」

グラフに変化は見られなかった。

「あなたの勤め先は？」

「グローバル・コンピューター・グラフィックス社です」

「仕事は気に入っていますか？」

「ええ」

「勤務は週五日ですか？」

「ええ」

「ジャン・クロード・パロンに会ったことはありますか？」

「いいえ」

やはりグラフに変化は見られなかった。

「今朝、朝食はとりました？」

「ええ」

「あなたはデニス・ティブルを殺しました？」

「いいえ」

質問はそれからさらに三十分もつづき、それが済むと、順番を変えた同じ問答が三回もくりかえされた。

セッションが済むと、キース・ロッソンはサム・ブレークのところへ行き、テストの結果を手渡した。

「これはまっ白だね。彼女がうそをついている可能性は一パーセントもない。彼女を疑うのは見当違いでしょう」

アシュレーはホッとするあまり、目まいを覚えながら警察本部を出た。

〈やっと終わったわ〉

父親に関することを聞かれるのではないかとびくびくしていたのだが、それはなかった。

それに、よく考えてみれば、すべての事件を父親の犯行とするにはいろいろ無理があった。

〈事件をお父さんと関連づけて考える人はだれもいなさそう〉

車を駐車場に入れてから、彼女はエレベーターに乗って自分の部屋へむかった。玄関のカギを開け、なかに入ると、内鍵をかけ、さらに確認のため、もう一度かけ直した。彼女は疲れていたと同時に、興奮もしていた。

〈ゆっくりおふろにでも浸かろう〉

アシュレーはそう思ってバスルームに入り、鏡のまえに立った。彼女の顔からさっと血の気が引いた。バスルームの鏡に赤い口紅でなぐり書きがしてあった。

〝おまえは死ぬ〟

第九章

彼女はいまにもヒステリーを起こしそうな自分と闘っていた。指がぶるぶると震えていて、三回かけ直しても相手の番号が押せなかった。彼女は大きく息を吸いこんでから、もう一度押した。2…9…9…2…1…0…1…受話器のむこうで呼び出し鈴が鳴った。

「保安官事務所」

「ブレーク保安官補をお願いします。急用です！」

「ブレーク保安官補は帰宅しました。だれかほかの者で――？」

「いいえ！　わたしは――わたしに急いで電話をくれるよう連絡してくれますか？　わたしの名はアシュレー・パターソンです。ぜひ話したいことがあるんです」

「じゃあ、電話を切らずにこのままにしておいてくれますか、ミス？　つかまるかどうか、ちょっとやってみますから」


サム・ブレーク保安官補は妻の罵詈雑言《ばりぞうごん》を辛抱強く聞いていた。

「兄さんに毎日馬車馬のように使われて、まともな給料ももらえないの、あんた？　いまみたいな額じゃ生活もできないよ。昇給してくれって、あんたから言ってみたら？　本当に度胸がないいんだから！」

ふたりはテーブルをはさんで夕食中だった。夫がかまわずに言った。

「そのポテトをとってくれるかな、ディア？」

妻のセレナはポテトを盛った皿を夫の前に突きだした。

「あんたは甘く見られてるんだよ」

「まあ、そうかもしれない。ソースをとってくれるかな？」

セレナがわめいた。

「わたしの話を聞いてないの、あんた？」

「ひと言残らず聞いているよ、マイ　ラブ。夕食はおいしい。料理の腕前はなかなかだ」

「そうやってトボけてばかりいて、わたしの話に乗ってこないんだから！」

ブレークは子牛の肉をほおばった。

「きみのことを愛しているからだよ」

そのとき、電話のベルが鳴った。

「ちょっとごめん」

彼は席を立つと、受話器をとりあげた。

「ハロー……ええ、そうです……つないでください……ミス・パターソン？」

電話のむこうから女性の泣く声が聞こえてきた。

「大変な——大変なことになったんです。すぐに来てください！……」

「分かりました。じゃあ、すぐに行きましょう」

セレナが床をけって立ちあがった。

「なんだって、あんた？　夕食の途中に出かけるっていうの？」

「緊急なんだよ、ダーリン。できるだけ早く戻るからね」

妻は夫が銃のベルトを締めるのをあきれ顔で見つめた。夫は身をかがめて妻にキスした。

「ゆっくり食べなさい」


保安官補の到着を待って、アシュレーが内側からドアを開けた。ほおを涙で濡らし、彼女は震えていた。

サム・ブレークはアパートに足を踏みいれると、注意深く周囲を見まわした。

「ほかにだれかいるのかな?」

「ええ、だ、だれかがいました」

アシュレーはとり乱さないよう自分と闘っていた。

「み、見てください……」

彼女は保安官補をバスルームに連れていった。保安官補は鏡になぐり書きされていた文字を声を出して読んだ。

〝おまえは死ぬ〟

彼はふり向いてアシュレーを見た。

「だれがやったのか見当はつきますか?」

「いいえ」

アシュレーはため息をついて言った。

「ここはわたしのアパートですから、カギはわたししか持っていないはずなのに……だれかがこうして自由に入って……わたしをつけまわして、そのうちにわたしを殺すつもりなんです」

アシュレーはワッと泣きだした。

「こんなの、もう耐えられません！」

いったん泣きだすと、彼女はもうコントロールが効かなくなっていた。ブレーク保安官補は彼女の肩に腕をまわし、やさしくポンポンとたたいた。

「さあ、泣かないで。われわれが守りますから大丈夫。犯人がだれかもかならず見つけるから」

アシュレーは大きく息を吸いこんだ。

「ごめんなさい。わ、わたし、普通はこんなにとり乱したりしないんです——ただ、もう恐ろしくて」

「少し話そう」

サム・ブレークに言われて、アシュレーは無理に笑顔をつくった。

「ええ、いいですよ」

「そのまえに、おいしいお茶でも一杯飲みましょうか？」


ふたりはいすに腰をおろし、お茶を飲みながら話をはじめた。

「こういうことはいつごろはじまったのかな、ミス・パターソン？」

「約——半年まえです。はじめは誰かにつけられているような気がするだけだったんですけど、そのうちそれがだんだんはっきりしてきて、つけられているって確信できるようになったんです。でも、つけている人間の姿を見たことはありません。そのうちある日、仕事場のわたしのコンピューターにナイフの絵が描かれ、そのナイフがやはり画面に描かれたわたしを刺したんです」

「だれがやっているのか心あたりは？」

「いいえ」

「まえにもこのアパートにだれかが侵入したって言いましたね？」

「ええ。一度、消していたはずのライトが全部ついていたことがあるんです。化粧台の上にタバコの吸い殻が置いてあったこともありました。わたしはタバコは吸いません。だれかが引き出しを開けて、わたしの下着をいじったこともありました」

彼女は息を深く吸いこんでから言った。

「それと……今日のこれです」

「あなたにフラれたと思っているボーイフレンドは？」

アシュレーは首を横にふった。

「いいえ、そんな人いません」

「なにかの取引でだれかに損害をかけたことは？」

「いいえ」

「だれかに脅されたことは？」

「いいえ」

アシュレーは、記憶を喪失したシカゴでの週末のことをこの場で話そうかとも思ったが、その話をすると父親のことも言わなければならなくなると思って、結局なにも話さなかった。

「今夜はここで寝られそうもありません」

アシュレーの訴えに保安官補はうなずいた。

「だったら、わたしが署に電話して、だれかをここに――」

「いいえ、それはやめてください。お願いです！　だれも信用できないんです。すみませんが、あなたご自身がここに泊まっていただけないでしょうか？　明日の朝までいいですから」

「わたしが？——それはちょっと——」

「お願いです。わたし——」

アシュレーは体をぶるぶると震わせて言った。彼女の顔をのぞきこんで、保安官補は、こんなにおびえている目を見るのははじめてだと思った。

「今夜だけでもどこかほかに泊まるところはないのかね？　泊めてくれる友達とか——」

「その友達が犯人だったらどうするんですか⁉」

保安官補はふたたびうなずいた。

「そうだな——ではわたしが泊まろう——朝になったら二十四時間保護の手配をする」

「ありがとうございます」

彼女の声には安堵する気持ちがにじみでていた。保安官補はアシュレーの手をポンポンとたたいた。

「わたしが守ってあげるから心配しないで。かならず犯人を突き止めてやる。そのまえにドーリング保安官に電話して、いきさつを報告しておこう」

五分ほど話したあと、受話器を置いてからサム・ブレークは言った。

「ワイフに電話しておいたほうがいいな」

「ええ、もちろんです。そうしてください」

保安官補はふたたび受話器をとりあげてダイヤルボタンを押した。

「ハロー、ダーリン。今夜は帰れないことになったんだ。きみの方はテレビで映画でも
――」

「今夜がどうしただって、あんた？　いまどこなの？　どうせ安っぽい商売女と一緒なんでしょ!?」

受話器にガンガンと響いてくる罵声がアシュレーの耳にも届いた。

「あのね、セレナ――」

「わたしはごまかされないからね！」

「セレナ――」

「男はみんなそうなんだ――浮気することしか頭にないんだから」

「セレナ――」

「わたし、もうがまんできない！」

「セレナ――」

「いままでいろいろお世話になりました。今夜でわたしも……」

一方的な会話はそれから十分間もつづいた。ブレーク保安官補はようやく受話器を置くと、当惑した顔でアシュレーをふりかえった。

「申しわけない。いつもはこんな彼女じゃないんだけど」

アシュレーは彼の顔を見つめながら言った。

「ええ、分かります」

「いや、これは本当なんだ。彼女はおびえてあんな態度に出るんだ」

アシュレーの顔にいぶかしげな表情が浮かんだ。

「おびえているですって？」

保安官補はしばらくためらってから答えた。

「じつは妻はもう長くないんだ。ガンを患っていて、いまは小康状態を保っているけど——わたしたちは結婚して五年になるけど、彼女が発病したのは七年前で——」

「では、ガンと分かっていて……？」

「ええ。そのことは問題じゃなかった。わたしは彼女を愛していたから」

サム・ブレークはちょっと言いよどんでから、その先をつづけた。

「それが最近ひどくなってね。死ぬのが怖いのと、わたしが捨てはしまいかと心配してなんだろう。だから、ああしてわめいて恐怖を忘れようとする」

「お、お気の毒です」

「本当は性格のいい女なのに。彼女がやさしくて、面倒見がよくて、情が深いのをわたしがいちばんよく知っている」

アシュレーは言った。

「もしご迷惑をかけるようでしたら、わたしは――」

「いや、いいんだ」

ブレークは周囲をぐるっと見まわした。アシュレーはあわてて言った。

「寝室はひとつしかないんです。でもそれを差し上げますから使ってください。わたしはソファで寝ます」

保安官補は首を横にふった。

「わたしのほうはソファでけっこう」

「なんてお礼を言ったらいいのか」

「どういたしまして、ミス・パターソン」

ブレークが見ていると、アシュレーがクローゼットからシーツと毛布をとりだしてきた。

「どうぞ、これを使って――」

「それで充分。どうせそんなに寝るつもりはないから」

サム・ブレークは窓のカギがかかっていることを確認してから、玄関のドアの内鍵をかけ直した。

「大丈夫」

それから彼はソファの横のテーブルの上に拳銃を置いた。

「それでは、あなたは安心して寝てください。朝になったらすべてが元に戻っているから」

アシュレーはうなずくと、まえに歩みでてハンサムな彼のほおにキスした。

「ありがとうございます」

ブレーク保安官補は、アシュレーが寝室に入りドアを閉めるのを見守った。それから窓のところに行き、カギがかかっているのをもう一度確認した。長い一夜になりそうだった。


ワシントンにあるFBI本部では、特別捜査官のラミレスが自分の部署の長、ローランド・キングズレーと話しこんでいた。

「ベッドフォードと、クパチーノと、ケベックと、サンフランシスコでの殺人現場の指紋とDNA鑑定結果が出ました。最終報告です。すべての現場の指紋が一致しました。DNAの検査結果も一致しています」

キングズレーはうなずいた。

「連続殺人犯というわけだ」

「それに疑問の余地はありません」

「犯人を挙げよう」


朝六時に、サム・ブレーク保安官補の裸の死体が発見された。第一発見者は、アシュレーのアパートと路地をはさんでとなりのビルの管理人の妻である。

サム・ブレークは刺し殺されたうえに去勢されていた。

第十章

アシュレーは五人の男たちに囲まれていた。ドーリング保安官と、平服の刑事がふたり。ほかに制服の警察官がふたりいた。

居間に立つ五人は、いすに座ってヒステリックに泣きじゃくるアシュレーを見下ろしていた。

ドーリング保安官が口を開いた。

「捜査のカギをにぎっているのはあんただけなんだよ、ミス・パターソン」

アシュレーは男たちを見上げてうなずいた。それから何度か深呼吸をしてから言った。

「訊いてください——なんでも話します」

「じゃあ、はじめから訊くけど、ブレーク保安官補はここで寝たんだね？」

「ええ——わたしがそうしてくれるようにお願いしました。ひとりでは怖くて寝られなかったんです」

「ここは寝室がひとつしかないんだな？」

「ええ、そうですけど」

「ブレーク保安官補はどこで寝たのかな？」

アシュレーはソファを指さした。そこには毛布と枕が置かれていた。

「あの人は——そこで寝たんです」

「あなたは何時にベッドに入ったんですか？」

アシュレーはちょっと考えた。

「深夜の十二時前後だったと思います。わたし、神経がとても高ぶっていて、一緒に紅茶を飲んで少し話したら落ちついたんです。それから、あの人に枕と毛布を持ってきてあげて、わたしはベッドに入りました」

アシュレーはとり乱さないよう一生懸命自分と闘っていた。

「彼を見たのはそれが最後でしたか？」

「ええ、そうです」

「それであんたはそのまま寝入ったんだね？」

「すぐではありませんでした。眠れないので睡眠薬を飲んだんです。そのあとは、裏道から聞こえてきた女の人の悲鳴で目を覚ましました。わたしが覚えているのはそれだけです」

アシュレーはガタガタと震えだした。

「すると、だれかがこのアパートに侵入してきて、ブレーク保安官補を殺したと思うんだね？」

「さあ――わたしには分かりません」

アシュレーは絶望して言った。

「まえにだれかが侵入したのは確かです。バスルームの鏡に脅迫文を書いていきましたから」

「そのことは、わたしもブレーク保安官補から電話で報告を受けている」

「あの人は――不審な物音を聞いて――それを調べるために外に出たのかもしれません」

アシュレーがそう言うと、ドーリング保安官は首を横にふった。

「素っ裸で外に出るとは思えないね」

アシュレーはワッと泣きだした。

「わたしは知りません！　わたしは知りません！　これは悪夢です」

彼女は顔を両手でおおった。ドーリング保安官が言った。

「部屋のなかを調べてみたいんだが、いいかね？　それとも捜査令状が必要かな？」

「もちろん、けっこうです。どうぞ調べてください」

ドーリング保安官が平服のふたりにうなずくと、ひとりは寝室へ行き、もうひとりはキッチンに入っていった。

「ブレーク保安官補とはどんな話をしたのかな？」

アシュレーは大きく息を吸いこんだ。

「わたしはあの人に——自分に起きているいろんなことを話しました。あの人はとても——」

アシュレーはそう言って保安官を見上げた。

「どうしてあの人が殺されるんです？　なぜなんですか？」

「その理由をこれから見つけるんだよ、ミス・パターソン」

キッチンに入っていったエルトン警部補が居間のドア口からのぞいた。

「保安官、ちょっと」

「失礼」

ドーリング保安官はキッチンのなかへ入っていった。

「どうしたんだ？」

エルトン警部補が言った。

「これを流しで見つけたんです」

警部補の手には血のついた肉切り包丁がにぎられていた。

「一応、洗ってはあるようですけど、指紋は採れると思います」

ふたりめの刑事、コストフが寝室から急きこんだ様子でキッチンに入ってきた。彼が指を広げると、ダイヤモンドをあしらったエメラルドの指輪が出てきた。

「これを寝室の宝石箱のなかで見つけました。ケベックからの情報に符合する品物です。ジャン・クロード・パロンがトーニ・プレスコットに贈ったという指輪でしょう」

三人の男たちは顔を見合わせた。

「どういうことなんだ、これは？」

保安官は肉切り包丁と指輪を注意しながらとりあげると、それを持って居間に戻った。肉切り包丁をまえに差しだすと、いきなり訊いた。

「これはあんたの包丁だね、ミス・パターソン？」

アシュレーは包丁をまじまじと見た。

「ええ――わたしのかもしれません。どうしてですか？」

ドーリング保安官は今度は指輪をまえに差しだした。

「これを見たことはあるね？」

アシュレーは指輪を見つめてから、首を横にふった。

「いいえ」

「あんたの宝石箱に入っていたんだよ」

男たちはアシュレーの様子を見守った。彼女は当惑しきっていた。彼女の口からつぶやきがもれた。

「だれかが――わたしの箱に入れたんだわ」

「そんなことをしそうな人間があんたの周囲にいるのか？」

彼女はまっ青になっていた。

「さあ――わたしにはまったく心あたりがありません」

制服の警察官が正面のドアからのぞいた。

「保安官」

「なんだ、ベイカー？」

保安官はそう言って、制服の警察官に部屋のすみに来るよう合図した。

「なにか見つけたのか？」

「廊下のじゅうたんとエレベーターのなかに血痕がありました。たぶん、シーツにくるんだ死体をエレベーターで運んで、裏の路地に投げ捨てたんだと思います」

「なんていうことだ！」

ドーリング保安官はアシュレーのほうを見て顔をこわばらせた。

「ミス・パターソン、あんたを逮捕する……これから容疑者の権利を読みあげる。容疑者には黙秘する権利がある。もしその権利を放棄する場合は、発言が法廷で証拠として使われることがありうる。それから、弁護士を呼ぶ権利がある。弁護士を雇う費用がない場合は、法廷が弁護士を任命する」


一行が保安官事務所に着くと、ドーリング保安官が言った。

「指紋を採ってから記録にまわせ」

アシュレーは手続きのためにあちこちにひっぱりまわされた。それが終わると、ドーリング保安官から告げられた。

「電話を一カ所にだけかけることができる」

アシュレーは保安官を見上げて、けだるそうに言った。

「電話をかける人なんていません」

〈お父さんにはかけられない〉

ドーリング保安官はアシュレーが拘置室に連れていかれるのを見送った。

「完全にだまされた。うそ発見器のテスト結果を見たかね？　よくもまあ、あれほど完璧にうそがつき通せるよ」

コストフ刑事が入ってきた。

「サムは死ぬまえにセックスをしてますね。彼の遺体と、包まれていたシーツを赤外線で照射してみたんですが、精液と女性の体液が認められました。ですから――」

「ちょっと待て！」

ドーリング保安官はうなった。義弟の死のニュースは妹にはまだ伏せてあった。しかし、先延ばしするのもこのあたりが限界だった。保安官はため息をついて言った。

「すぐ戻ってくる」

三十分後、保安官はサムの家に来ていた。

「あら、めずらしいのね」

セレナが兄の姿を見てうれしそうに言った。

「サムは一緒じゃないの？」

「いや違うんだ、セレナ。おまえに二、三聞きたいことがある」

保安官にとって、これ以上苦しい会話はなかった。妹は不思議そうな顔で兄を見つめた。

「なあに、あらたまって？」

「おまえはサムと――おまえとサムはこの二十四時間以内にセックスをしたか？」

セレナの表情が急にこわばった。

「なんですって？　わたしたちが……いいえ。でも、なにが知りたいの――？　もしかしてサムになにかが――？」

「おまえには言いづらいんだが、じつは彼は――」

「わたしを捨てて逃げたのね、あの人？　こうなるって分かっていたわ。でもわたしはあの人を憎まない。だって、わたしはろくな妻じゃなかったから。わたしは――」

こわばっていた保安官の顔がさらにこわばった。

「セレナ。サムは死んだんだよ」

セレナの表情に変化はなかった。

「いつもあの人に怒鳴ってばかりいて。本当はそんなつもりがないのに。ついこぼしてしまうの。このあいだも——」

ドーリングは妹の両腕をつかんで揺すった。

「セレナ、サムは死んだんだ」

「一度、一緒にビーチに出かけてね。そこでわたしたち——」

ドーリングはさらに彼女を揺すった。

「しっかりするんだ、セレナ。サムは死んだんだぞ」

「——そこでわたしたち、ピクニックをすることになっていたの」

話は聞こえているんだ、とドーリング保安官は妹の様子を見て思った。

「わたしたちが海岸にいたときに、その男が来て言ったの、〝金を出せ〟って。それでサムは言ったわ、〝おまえの銃をよく見せてくれ〟って」

ドーリングはそこに立って、セレナに好きなだけしゃべらせておいた。彼女はどんな語りかけも受けつけない完全なショック状態だった。

「……サムってそういう男よ。あの人が浮気していた女ってどんな人だったの？　教えて。

かわいい人？　わたしのことをかわいいってサムはいつも言ってくれるけど、わたしはぜんぜんかわいくなんかないわ。あの人は、わたしの気持ちをやわらげようとして、そんなことを言っているのよ。わたしのことを愛しているからだわ。あの人は絶対わたしのことを捨てたりしない。かならず戻ってくるから、見てらっしゃい。わたしのことを愛しているんだもの」

セレナのひとり語りは止まらなかった。

ドーリング保安官は電話のところへ行き、ダイヤルボタンを押した。

「看護婦をここへよこしてくれ」

保安官は話を終えると、妹の肩を抱いて言った。

「心配しなくていいんだ」

「あの話はしたかしら？　サムとわたしが――」

それから十五分ほどすると、看護婦がやってきた。

「彼女の世話を頼む。くれぐれもやさしくしてやってくれ」

ドーリング保安官は妹のことを看護婦に託して、彼女の家を出た。

ドーリング保安官のオフィスで会議が行なわれていた。

「保安官に電話です」

ドーリング保安官は受話器をとりあげた。

「はい？」

「保安官。わたしはワシントンFBI本部の特別捜査官、ラミレスですが、連続殺人犯についての情報がいろいろ集まりました。アシュレー・パターソンに犯罪歴はありません。カリフォルニア州の車両管理局にも照らしあわせたんですが、一九八八年以前は登録に指紋を必要としなかったので――」

「それで？」

「最初、われわれはそれをコンピューターのエラーかと思っていたんですが、よく調べてみると……」

それから五分間、ドーリング保安官は信じられないといった面もちで受話器から聞こえてくる話に耳を傾けていた。ようやく口を開いた彼はこう言った。

「それに間違いないんですね？　とてもそうは思えませんがね……全部……そうなんですね？　分かりました……いずれにしても、ありがとう」

受話器を置いてから、保安官はなにごとかじっと考えたまま動かなかった。が、やがて顔をあげてこう言った。

「ワシントンのＦＢＩの研究所からだ。犠牲者の死体に残っていた指紋の照合を終えたようだ。ところで、ケベックのジャン・クロード・パロンが殺されたとき、彼はトーニ・プレスコットという名の英国女性と一緒だったんだな？」

「そうです」

「サンフランシスコの画家、リチャード・メルトンが殺されたとき、彼はアレット・ピータースというイタリア人女性とつき合っていた？」

会議のテーブルを囲んでいた一同がうなずいた。

「そして昨日の夜、サム・ブレークはアシュレー・パターソンと一緒だった」

「そのとおりです」

ドーリング保安官は息を大きく吸いこんだ。

「分かったぞ！　いいか？」

「はあ、どういうことですか？」

「アシュレー・パターソンも……」

「はあ？」

「トーニ・プレスコットも……」

「はあ？」

「アレット・ピータースも……」

「はあ？」

「あいつがひとりで演じていたんだ！　クソッ！」

BOOK TWO

第十一章

　不動産仲介業者、ロバート・クラウザーはもったいぶった身ぶりでドアを開け、ふたりの顔を見比べながらこう宣言した。

「ほら、ごらんください、このテラスを。ここからならコイトタワーも一望のもとです」

　彼は、若い夫婦が外に出て手すりに歩み寄るのを見守った。眺望はすばらしかった。サンフランシスコの街が見渡すかぎりに広がっていた。ロバート・クラウザーは若いふたりが視線を交わしほほえみ合うのを見て、しめしめと思った。ふたりは興奮を隠そうとしている。このパターンは吉兆である。物件が気に入った客は、できるだけ値切れるよう、買う意欲を見せないのが普通なのだ。

クラウザーは内心で思っていた。

〈この二層式ペントハウスの売値はべらぼうだからな〉

彼の心配は若いカップルの経済力だった。夫は弁護士だと称しているが、若い弁護士がそれほど稼げないのを彼はよく知っている。

ふたりともルックスのいいお似合いのカップルである。愛しあっているのはは た目にもあきらかだ。夫のデビッド・シンガーはブロンドの髪に、知的な目、どことなく少年のあどけなさを残す三十代になったばかりの男である。妻のサンドラは美人というだけでなく、見るからに温かそうだ。

若い妻のお腹がふくらんでいるのに気づいていたクラウザーは、さらにこう説明した。

「ふたつめの客室は育児室にぴったりですよ。道ひとつ行ったところに遊び場もありますし、近所には小学校がふたつもあります」

若い夫婦がふたたびひそかな笑みをかわすのを不動産業者は見のがさなかった。

ペントハウスの上階にはバス付きの主寝室と客室があり、下の階には広々とした居間と、書斎と、キッチンと、ダイニングルームと、ふたつめの客室があり、別に手洗いがふたつあった。そのほとんどの部屋の窓から街のパノラマが展望できた。

クラウザーは、部屋を見てまわる若夫婦の反応をぬけめなく観察していた。ふたりは部屋のすみでこそこそ話をはじめた。

「気に入ったわ」

サンドラがデビッドに言っていた。

「赤ちゃんにも申し分ない環境ね。でも予算が足りるかしら？　六十万ドルよ！」

「それに管理費もプラスされる」

デビッドが言い添えた。

「いまのところ予算オーバーなのは悪いニュースだけど、いいニュースもあるよ。木曜日になれば予算内におさまるはずだ。魔女がビンから煙と一緒に出てきて、ぼくたちの生活を変えてくれるのさ」

「分かってるわ」

妻は幸せそうに言った。

「すてきよ」

「じゃあ、これに決めちゃおうか？」

サンドラは大きく息を吸いこんだ。

「そうしましょうよ」

デビッドはにっこりすると、ふざけ半分に歓迎のジェスチャーをした。

「お帰りなさい、シンガー夫人！」

ふたりはそれから腕組みしたまま、待ちわびるロバート・クラウザーのもとに歩み寄った。

「買います」

デビッドがきっぱりと言った。

「おめでとうございます。ここはサンフランシスコでも第一級の住居です。ここなら幸せな生活が送れます」

「たしかにね」

「あなた方はラッキーなんですよ。正直に申しますと、この物件をほしいという人がほかにも何人かいるんです」

「前金はどのくらい必要ですか？」

「手付けとして一万ドルいただければけっこうです。すぐ書類を用意しますから、サインするときにさらに六万ドル用意してください。そのあとは、おたくの取引銀行が二十年か三十年のローンを組んでくれますよ」

デビッドは妻のほうをちらりと見てから言った。

「いいでしょう」

「では、書類を用意させます」

「あのう――家の中をもうひとまわり見たいんですけど、いいですか?」

サンドラがそう言ってふたりの話に加わった。クラウザーは満面の笑みで若妻に答えた。

「どうぞ、どうぞ。好きなだけ見てください、奥さま。あなた方のものですから」


「あまり幸せすぎて夢みたいだわ、デビッド。これが本当だなんてとても思えない」

「本当さ」

デビッドは彼女を抱き寄せた。

「ここできみの夢をみんな実現してあげるからね」

「あなたは言ったことを実行する人なのね、ダーリン」

ふたりのこれまでの住まいはマリーナ地区にある二ベッドルームの小さなアパートだった。

だが、赤ん坊が生まれたら手狭でむさ苦しくなりそうだった。いままでのデビッドなら高級住宅街ノブヒルに建つマンションの一室などとても手が出ないはずだった。だが、つぎの木曜日が来ると、彼は晴れてキンケード・ターナー・ローズ・リプリー法律事務所の共同経営者になれるのだ。二十五人の候補者のなかから六人だけが〝共同経営者〟という分け前の多い地位に選出される。デビッドをそのひとりに推すことに反対する者はいなかった。キンケード・ターナー・ローズ・リプリー法律事務所はサンフランシスコを本拠地に、ニューヨークとロンドン、パリ、東京に事務所を持つ世界でもっとも権威のある法律事務所であり、名門法律学校の新卒生たちにとってはあこがれの的でもある。

新入りにたいする法律事務所側の扱いは〝目のまえにぶら下げたニンジンと尻をたたくムチ〟である。共同経営者の地位を得た先輩弁護士たちはなさけ容赦なく新人弁護士たちをこき使う。残業時間が何時間になろうと、相手が病気であろうがなかろうが、自分たちがやりたくない単調で時間のかかる仕事をすべて新人におしつける。まるで二十四時間勤務の奴隷労働である。それを新人弁護士たちは歯をくいしばって耐えしのぐ。〝ニンジン〟がほしいからだ。〝ニンジン〟とは、とりもなおさず、共同経営者への約束である。共同経営者になるということは、昇給と、潤沢な利益の配分と、見晴らしのいい広い個室と、専用のトイレと、海外出張と、そのほか数知れぬ臨時収入を意味する。

キンケード・ターナー・ローズ・リプリー法律事務所に入って以来この六年間、デビッドはまるで馬車馬のようにこき使われてきた。うれしいような悲しいような複雑な六年間だった。仕事は恐ろしいほど厳しく、ストレスも尋常ではなかった。それでもデビッドは共同経営者になるのだという夢にしがみついてがんばってきた。業績もかなりあげた。そしていよいよ、待ちに待ったその日を迎えることになったのだ。

不動産屋と別れてから、デビッドとサンドラは買い物に出かけた。購入したのはすべて育児用品だった。ゆりかごに、赤ちゃん用の食卓いす、乳母車、手すりのついた遊び台、赤ちゃん用の衣類。生まれてくる子の名はすでにジェフリーと決まっていた。

「おもちゃも買っとこうよ」

デビッドが言うと、サンドラは笑った。

「それはまだ早いんじゃない？」

ショッピングのあとは散歩だった。ギラーデリー広場の波止場沿いを歩き、キャナリーからフィッシャーマンズワーフに出た。昼食は《アメリカン・ビストロ》でとった。

土曜日。花の弁護士が外出するには絶好の日よりだった。ブランドのブリーフケースに高そうなネクタイ。ダークスーツにあつらえのシャツ。高級レストランでのランチにピカピカのペントハウス。弁護士人生はやめられない。

デビッドとサンドラが出会ったのは三年まえに催された小さなパーティーでだった。そのときデビッドは顧客の令嬢を同伴していた。サンドラは当時、ライバル関係の法律事務所で助手として働いていた。パーティーでふたりは、政争にまで発展した裁判のケースについて論戦をはじめた。同じテーブルのほかの人たちが見つめるなか、ふたりの議論はしだいに熱を帯びていった。言い合いをしながらふたりが気づいていたのは、法廷の決着のことなど本当はどうでもよくて、自分たちはただ知識と見識をひけらかしたがっているにすぎないということだった。ふたりは、意識せずに言葉のチークダンスを楽しんでいたのだ。

デビッドは翌日、サンドラに電話をかけた。

「議論の決着をつけたいんだ」

デビッドが提案した。

「あのままにはしたくないからね」

「わたしも賛成よ」

サンドラは同意した。

「今夜、夕食でもしながらどう？」

サンドラはどうしようか迷った。その夜は別の約束があった。

「ええ、いいわよ」

彼女はそう答えた。

「では、今夜の夕食のときにね」

その夜以来、ふたりはずっと一緒だった。そして一年後には夫婦になっていた。法律事務所の経営責任者ジョセフ・キンケードのおなさけで、デビッドには結婚式のあと一週間の休暇が与えられた。


法律事務所でのデビッドの給料は年額四万五千ドルである。サンドラも助手の仕事をつづけていた。だが、子供の誕生をひかえて、ふたりの家計はひっぱくしつつあった。

「わたしが仕事できるのもあと二、三カ月ね」

サンドラは言った。

「育児を子守りにまかせきるようなことはしたくないの。わたしは彼が生まれてきたら家にこもるつもりよ」

超音波画像で生まれてくる子供が男の子だと分かっていた。

「なんとかなるさ」

デビッドは心配していなかった。共同経営者の地位を得れば、当然、生活も変わるはずだからだ。

彼はいままで以上に残業に精を出し、長時間働いた。共同経営者への昇進の日にゆめゆめ取り残されるようなことがないよう盤石の備えで行きたかった。


木曜日の朝、デビッドは着替えながらテレビのニュースを見ていた。

キャスターが息を切らしてニュースを伝えていた。

「ここで臨時ニュースがあります……サンフランシスコの高名な心臓外科医、スティーブン・パターソン博士の令嬢、アシュレー・パターソンが連続殺人容疑で逮捕されました。地元警察とＦＢＩによる必死の捜査にもかかわらず、これまで逃げのびてきた連続殺人犯で……」

デビッドはテレビのまえで凍りついた。

「……去勢をふくむ残忍な殺人などの容疑でアシュレー・パターソンを逮捕したと、昨夜サンタクララ郡のマット・ドーリング保安官から発表がありました。保安官は報道陣のまえで

〝証拠も決定的で、アシュレー・パターソン容疑者は犯人に間違いない〟と断言しています」

〈スティーブン・パターソン博士！〉

デビッドの頭のなかは過去の記憶を求めて急回転していた。

彼が法律学校に通いはじめたばかりの二十一歳のときだった。授業を終えて家に戻ると、母親がベッドの上で意識を失っていた。デビッドはすぐさま911に電話した。救急車がやってきて、母親をサンフランシスコ・メモリアル病院へと運んだ。デビッドは救急室の外で待った。やがて担当医が出てきた。

「母は——大丈夫でしょうか？」

医者は答えるのを一瞬ためらった。

「専門医が詳しく検査した結果、僧帽弁《そうぼう》が破裂していて手の施しようがない状態なんです」

「それはどういう意味なんですか？」

デビッドは詰め寄った。

「できることはすべてしました——でもこれ以上は無理です。患者は弱っているから、心臓移植にはとてももちこたえられないでしょう。部分移植という方法もあるんですが、これは技術が未熟で危険が高すぎます」

デビッドは急にめまいがした。

「では母は——あとどのくらい——？」

「数日、長くても一週間くらいでしょう。お気の毒ですが」

デビッドはその場に立ち尽くしたままパニックになっていた。

「彼女を救える医者はいないんですか？」

「残念ながらいません。唯一の可能性はスティーブン・パターソン博士にまかせてみることです。でも博士はとても忙しい人で、おそらく——」

「スティーブン・パターソンってだれなんですか？」

「心臓の部分移植法を開発した人です。でも博士は手術のあいまに研究もしているから、頼んでも引き受けてもらえる可能性は——」

デビッドはいつの間にか医者のまえから消えていた。


彼は病院の廊下の公衆電話からパターソン博士のオフィスに電話した。

「パターソン先生に予約したいんですが。ぼくの母が——」

「申しわけありませんが、新しい患者さんの受付はいまみなさんにお断わりしています。どうしてもとおっしゃるんでしたら、最初にとれる時間は六カ月後になりますけど――」

「ぼくの母さんは六カ月ももたないんだ！」

デビッドは電話口で怒鳴った。

「申しわけありませんが、先生には――」

デビッドは受話器をほうり投げた。

つぎの朝、デビッドはパターソン博士のオフィスへ直接出向いた。待合室は順番を待つ患者や付き添いの家族でごった返していた。デビッドは受付嬢のところへまっすぐ歩いていった。

「パターソン先生に予約したいんです。母親が重体で――」

受付嬢は彼の顔を見上げて言った。

「昨日電話した方ですね？」

「ええ、そうです」

「昨日もお話ししたとおり、現在予約でいっぱいで空きがないんです。ですから新しい患者さんは受け付けていません。お気の毒ですが――」

「では、先生の手があくのをここで待ちます」

デビッドは決意を変えなかった。

「そんなことをおっしゃられても無理です。先生はいま――」

デビッドはかまわずいすに腰をおろした。順番を待っている患者たちは一人また一人と奥のオフィスへ呼ばれていき、残っているのはついにデビッドだけになった。

六時になったところで、受付嬢が言った。

「これ以上待っても意味ありませんよ。先生はもう帰られましたから」


その夜、デビッドは集中治療室に入れられている母親を見舞った。

「ほんの一分だけですよ」

看護婦は彼に条件をつけた。

「患者さんはとても弱っていますから」

集中治療室に足を踏み入れるなり、デビッドの視界は涙でかすんだ。母親の腕や鼻孔に刺さったチューブが点滴用のビンや人工呼吸装置につながれ、母親の顔色は敷いているシーツよりも白く見えた。両目は閉じられていた。デビッドはベッドに寄ってささやいた。

「ぼくだよ、母さん。絶対に逝っちゃだめだよ。ぼくが手配して、かならず元気にしてやるから」

涙が両ほおに流れ落ちて止まらなかった。

「聞こえてる、母さん？　こんなことに負けちゃいけないよ。ぼくと母さんが一緒なら、どんなことにも勝てるからね。ぼくが世界一の医者を見つけてあげる。待っててね。明日また戻ってくるよ」

デビッドは身をかがめて母親のほおにそっとキスした。

〈明日まで生きていてくれるだろうか？〉


つぎの日の午後、デビッドは、パターソン医師のオフィスがあるビルの地下の駐車場にしのびこんだ。ちょうど駐車場係が客から預かった車をスペースに入れているところだった。係員がデビッドの姿を見とがめてやってきた。

「ここでなにをしているんだ？」

「妻を待っているんですよ」

デビッドはでまかせを言った。

「彼女はいまパターソン先生の診察を受けているんです」

駐車場係はにっこりした。

「優秀な先生でしょ？」

「先生がすてきな車を持っているって自慢されていたけど」

デビッドは思いだすふりをして、ひと呼吸おいてからつづけた。

「たしかキャデラックでしたっけ？」

駐車係は首を横にふった。

「いやいや」

彼の手が駐車場の奥におさまっているロールスロイスを指さした。

「あのロールスですよ」

デビッドは即座に答えた。

「ああ、そうでしたね。でもたしか、キャデラックも持っているって言っていましたよ」

「そうでしょうとも。あの先生なら持っているでしょう」

駐車係はそう言うと、新しい車をとりにさっさと表へ出ていってしまった。

デビッドはぶらぶらとロールスロイスに近づいた。だれにも見られていないことを確かめてから、後部座席のドアの取っ手に手を伸ばした。意外や、ドアはすんなり開いた。彼はうしろの座席にすべりこんで床にかがんだ。ロールスのじゅうたんはふわふわだった。デビッドは自分の常識はずれな行動に気がとがめながら、パターソン博士が出てくるのを待った。

六時十五分に、まえのドアの開く音が聞こえた。だれかが運転席に座った。エンジンのスタートする音が聞こえ、車が動きだした。

「お疲れさまでした、パターソン先生」

「おやすみ、マルコ」

車がガレージを出て道を曲がるのが分かった。デビッドは二分間待ち、息を大きく吸いこんでから身を起こした。バックミラーで彼を見たパターソン博士にあわてた様子は見られなかった。博士はむしろ落ちついていた。

「きみが強盗をするつもりなら、あいにくだったな。わたしにはいま現金の持ち合わせがないんだ」

「横道に入って車を止めろ」

パターソン博士はうなずいた。デビッドは博士が車を細道に入れ、歩道沿いに止めるのを用心しながら見守った。心臓はドキドキと鳴って、いまにも破裂しそうだった。

「とりあえず持っているだけの現金をきみにあげよう」

パターソン博士は言った。

「車を持っていってもいい。だが暴力はよせ。もし――」

博士が話しているあいだに、デビッドはいすのあいだから助手席にすべりこんでいた。

「ぼくは強盗ではありません。車もいりませんよ」

パターソン博士はまゆをひそめて青年を見つめた。

「では、なにが欲しいんだ？」

「ぼくの名前はシンガーです。母が死にかけています。先生の手で救ってほしいんです」

パターソン博士の顔に安堵の表情が浮かび、それがすぐに怒りの表情と入れ替わった。

「係に電話して予約を――」

「予約なんて受け付けていないと同じじゃないですか。母さんは半年も待てないんです」

デビッドは叫んでいた。

「いま、もう死にかけているんです。母さんがいなくなるなんて、ぼくは絶対にいやです！」

それでもデビッドはとり乱さないよう自分を抑えているつもりだった。

「お願いです。ほかの先生たちから聞きました。パターソン先生が唯一の希望だって」

パターソン博士は青年を見つめていたが、その態度はまだ硬かった。

「きみのお母さんはどこが悪いんだね？」

「彼女は――僧帽弁が破裂して、担当医たちは怖くて手術ができないんです。母さんの命を救えるのはあなたしかいないって病院の医師たちが言っていました」

パターソン博士は首を横にふった。

「わたしにはスケジュールが――」

「スケジュール、スケジュールって、そんなことばかり言わないでください！　ぼくのただひとりの母さんなんです……」

ふたりのあいだに沈黙が流れた。デビッドは両目を固く閉じてパターソンの返事を待った。やがて博士の声が聞こえた。

「救えるとか救えないとか、そんなことまでは約束できないが、とりあえずきみのお母さんの状態を診てあげよう。いまどこの病院に入っているんだい？」

デビッドは目を開いて博士に顔をむけた。

「母さんはいまサンフランシスコ・メモリアル病院の集中治療室に入れられています」

「では、明日の朝八時にそこで会おう」

デビッドは感激のあまり、声がなかなか出せなかった。

「なんとお礼を言えば――」

「念を押しておくが、わたしはなにも保証しないからね。いずれにしても、脅されて診察するのはもうご免だよ。つぎからは電話でちゃんと予約をとってもらいたい」

デビッドは身を硬くしたまま黙りこくっていた。パターソン博士は彼の様子を不審に思った。

「どうしたんだ？」

「もうひとつ問題があるんです」

「ほう、今度は何なんだい？」

「ぼ、ぼくにはお金がないんです。法律家になろうと思って、いま法律学校に通っている学生の身ですから。貯えはぜんぜんありません」

パターソン博士に見つめられながら、デビッドはきっぱりした口調で言った。

「たとえ一生かかっても、費用はかならず払います。先生の治療代が高いことは分かっています。でも、ぼくはかならず――」

「そんなこと言ったって、できっこないさ、きみ」

「ほかに頼れる人がいないんです、先生。どうかお願いします」

ふたたび沈黙が流れた。

「いま何年生なんだい？」

「入学したばかりです」

「それで、卒業してから働いて、わたしに払うというのかね？」

「誓います」

「いいから、そんなことは忘れたまえ」

家に帰ったデビッドは、いつ警察がやってくるかとビクビクしていた。誘拐、住居不法侵入、どんな罪でも着せられそうだった。しかし、なにごとも起きなかった。残る疑問は、はたしてパターソン博士が約束したとおり病院に来てくれるかどうかだった。


つぎの朝、デビッドが集中治療室に足を踏み入れると、パターソン博士はすでにそこにいて、母親の体をあれこれ調べていた。

それをデビッドは胸をドキドキさせながら見守った。のどもカラカラだった。

パターソン博士は横に立っていた医師たちに顔をむけた。

「患者を手術室に移してほしい。大至急だ」

母親が移動寝台に移されるのを見ながら、デビッドはかすれ声で言った。

「ありがとうございます。それで母さんは――?」

「やってみなきゃ分からん」

その六時間後、待合室にいるデビッドのところにパターソン博士が近寄った。

デビッドは跳びあがるようにいすから立った。

「母さんは――？」

デビッドは怖くて、ちゃんとした言葉で質問できなかった。

「大丈夫だ。きみの母さんはとても強い人だね」

デビッドは安堵感に圧倒されてその場に立ち尽くした。そして、言葉にならない祈りをささやいた。

〈ありがとうございます、神さま〉

パターソン医師は青年を見つめながら言った。

「きみのファーストネームも聞いていなかったな」

「デビッドです、先生」

「そうか。ところでデビッドくん。わたしがどうして手術を引き受ける気になったか分かるかね？」

「いいえ……」

「理由はふたつある。きみのお母さんの病状はわたしにとってはチャレンジだった。わたしはチャレンジが好きなんだ。ふたつめの理由は――きみだ」

「それは――どういうことでしょうか？」

「わたしも若かったらきみと同じような行動をとっていたかもしれない。いや、あそこまでやれるきみがうらやましかった。無鉄砲だが、非難はできない。立派だよ」

パターソン博士は急に口調を変えてつづけた。

「きみはわたしに返済するって約束していたな？」

デビッドは気が重くなった。

「ええ、そのとおりです。いつかきっと――」

「いつかではなく、いますぐというのはどうだね？」

デビッドはごくりとつばを飲んだ。

「いますぐにですか？」

「では取引条件をわたしが決める。きみは運転できるか？」

「イエス、サー」

「よし。それではこうしよう。わたしはあのでかい車を転がすのに飽きてきたんだ。だから、きみが運転手役をやってくれないか？　毎朝、六時か七時にあの車でわたしをオフィスまで送ってもらいたいんだ。一年間それをしてくれたら、貸し借りなしということにしよう」

分かりやすい取引だった。パターソン博士がデビッドの母親の命を救い、そのお礼として、デビッドが一年間、博士を送り迎えすればいいのだ。


一年間送り迎えしているうちに、デビッドは心から博士を敬うようになっていた。短気で、ときどき感情を爆発させる博士だったが、人間的魅力は最高だった。彼ほど私欲のない人間にデビッドは出会ったことがなかった。博士は無料奉仕の仕事に多くの時間を費やし、慈善事業にも本気でとりくんでいた。車で移動しながら、デビッドと博士はよく長話をした。

「どんな種類の法律を勉強しているんだい、デビッド？」

「刑事犯罪法です」

「なぜその道を選んだんだい？　悪党を無罪放免させるためじゃないだろうな？」

「もちろん違いますよ。善良な人たちが疑われたり、いわれのない罪で捕まることもあります。そういう人たちの助けになりたいんです」

まる一年たったとき、パターソン博士はデビッドと握手しながら言った。

「これでおたがい貸し借りなしだ……」

デビッドはここ何年か博士と会っていない。だが、新聞やテレビがスティーブン・パターソン博士の活躍ぶりをそのつど伝えていた。

〝S・パターソン博士がエイズに感染した子供のための無料クリニックを開設……〟

〝メディカル・センターを建設するために、スティーブン・パターソン博士が今日ケニアに到着……〟

〝パターソン養護施設が今日オープン……〟

サンドラの声でデビッドはハッとわれに返った。

「デビッド、あなた大丈夫？」

デビッドはテレビの画面から目をそらした。

「あの連続殺人容疑でパターソン先生のお嬢さんが逮捕されたんだ」

「まさか、そんな！——お気の毒に——」

「あの先生のおかげで母さんは七年も生き延びたんだ。あんな公正無私な人にこんなことが起きるなんて、不公平すぎる。彼はぼくが出会った人物のなかで最高のジェントルマンだった。あれほどの人に、どうしてこんな怪物のような娘ができたんだろう？」

デビッドは腕時計を見た。

「クソ！　遅れそうだ」

「まだ朝食もすんでないじゃないの」

「食べる気がしないな」

彼はテレビのほうをちらりと見て言った。

「あんなニュースを聞かされて……それと、今日は共同経営者の発表日なんだ……」

「あなたがなるに決まってるじゃないの。そのことは心配しなくていいわ」

「いや、そうも言えないのが選考結果というやつだよ。〝絶対〟はないと思ったほうがいい。選ばれて当然のヤツがかならず一人か二人名簿からもれているのが毎年の例なんだ」

サンドラは夫の胸に顔をうずめた。

「法律事務所はあなたに感謝してるはずよ」

デビッドは身をかがめて妻にキスした。

「そう言ってくれてありがとう、ベイビー。きみがいなかったら今日のぼくはなかったと思う」

「いいえ。あなたはだれといても仕事ができる人。ニュースが分かったらすぐ知らせてね、デビッド」

「もちろんさ。今日は外で食事してお祝いしよう」

自分の言葉がデビッドの耳のなかでこだました。あれから何年もたつ。同じ言葉を別の女性に言ったあのとき。

〈〝外で食事してお祝いしよう〟〉

そして彼女を殺してしまった。


キンケード・ターナー・ローズ・リプリー法律事務所は、サンフランシスコの繁華街に建つトランスアメリカ・ピラミッド・ビルの三つのフロアを占有している。デビッド・シンガーが事務所内に入ると、たくさんのつくり笑いに迎えられた。呼びかけられる「グッドモーニング」の声の質までいつもとは違っていた。未来の幹部に対する彼らの尊敬の気持ちがそうさせるのだろう。

自分のせま苦しいオフィスへ行く途中に、デビッドは、新たに内装をし終えたばかりのしゃれた部屋のまえを通った。新しい共同経営者にあてがわれる部屋にちがいなかった。デビッドは中をのぞいてみる誘惑に勝てなかった。専用のトイレまでついた広くてきれいな部屋である。机もいすもすべてが新しい。大きな窓の外には湾の絶景が広がっている。デビッドはしばらくそこに立ってその雰囲気に酔った。

デビッドがいつものむさ苦しいオフィスに足を踏みいれると、秘書のホーリーが声をかけてきた。

「おはようございます、ミスター・シンガー」

彼女の声もいつもよりうわずっていた。

「おはよう、ホーリー」

「伝言があるんですが、ミスター・シンガー」

「なんだい?」

「キンケードさんが五時にオフィスへ来るようにおっしゃっていました」

そう言ってホーリーは満面に笑みを浮かべた。

〈ついにそのときが来たぞ!〉

「分かった」

ホーリーはそれからデビッドに顔を寄せて言った。

「知らせておきます。キンケードさんの秘書のドロシーと今朝コーヒーを飲んだんですけど、シンガーさんの名前がリストのトップに載っていたそうです」

デビッドはにんまりした。

「ありがとう、ホーリー」

「コーヒーを入れましょうか?」

「もらおうかな」

「では、熱くて強いのをつくってきます」

デビッドは、契約書類やファイルが山のように積まれている自分の机に歩み寄った。

今日という日がとうとうやってきた。

〈〝キンケードさんが五時にオフィスへ来るよう……シンガーさんの名前がリストのトップに……〟〉

彼は妻に電話する誘惑にかられた。だが、なにかがそれを引き留めた。

〈やはり電話は実際に終わってからにしよう〉


それから二時間、デビッドは机の上にたまった案件の整理に没頭した。十一時に秘書のホーリーが部屋に入ってきた。

「パターソン博士という方がお見えになっています。約束はしていないそうですが――」

デビッドはびっくりして顔をあげた。

「パターソン先生が来たって⁉」

「ええ、そうです」

デビッドは立ちあがった。

「通してくれ」

スティーブン・パターソン博士が部屋に入ってきた。懐かしい顔である。デビッドの胸がぬくもった。デビッドは今朝聞いたニュースの驚きを顔に表わさないよう笑顔で博士を迎えた。博士はずいぶんやつれて老けこんで見えた。

「やあ、こんにちは、デビッド」

「お久しぶりです、先生。どうぞおかけください」

疲れているのだろう、博士はゆっくりした動作でいすに座った。

デビッドは自分から言うことにした。

「今朝ニュースで見たんですが――なんて言っていいのか――ぼくとしてもとても残念です」

パターソン博士は元気なくうなずいた。

「いや、わたしにとっても大打撃だ」

博士は顔をあげてつづけた。

「きみに助けてもらいたいんだ、デビッド」

「もちろんです」

デビッドは迷わずに言った。

「ぼくにできることなら、どんなことでもしますよ」

「アシュレーの法廷代理人になってくれないか？」

デビッドは、言われた言葉の意味をのみこむのにしばらく時間がかかった。

「そ、それは——ぼくには——できませんね。刑事犯罪はぼくの専門じゃないんです」

パターソン博士はデビッドの目をのぞきこんで言った。

「アシュレーは犯罪人なんかじゃない」

「そういう意味じゃないんです、先生。いまのぼくの専門は民事裁判で、仕事の実際は会社の契約が主なんです。ですから、刑事事件については、別の優秀な弁護士を推薦できますけど——」

「わたしのところには、もう十人以上の優秀な専門弁護士たちから電話がかかってきてね。みんな喜んでアシュレーの代理人を引き受けると言っている」

パターソン博士はいすから身を乗りだしてつづけた。

「しかし、わたしには分かっているんだ。あの連中は娘なんかどうなったっていいんだ。ただ脚光を浴びて名前が売れればいいと計算して、あんな申し出をしてきているんだ。だが、それでは困る。アシュレーはわたしのたったひとりの——」

〈〝母さんを救ってください。ぼくのたったひとりの……〟〉

自分の言葉を思いだしながら、デビッドは自分の声が言うのを聞いていた。

「お役に立ちたいんですが、ぼくの立場ではどうすることも——」

「学校を卒業してからきみは刑事犯罪専門の法律事務所に就職したんじゃないのか？」

デビッドの胸が早鐘を打ちはじめた。

「ええ、そのとおりです。でもそれは——」

「刑事弁護士を何年かはやったんだろ？」

デビッドはうなずいた。

「でも、途中で方向を変えました。もう昔のことです。あれから——」

「そんなに昔ということもないぞ、デビッド。それに、きみは刑事弁護士の仕事が楽しいって言っていたじゃないか。なぜ途中で民事なんかに移ったんだね？」

デビッドは答えられなくて、しばらく沈黙した。

「それはもう昔のことです」

パターソン博士は手書きの手紙をとりだし、それをデビッドのまえに置いた。デビッドは読まなくても内容を知っていた。

親愛なるパターソン先生
あなたの寛大さにぼくがどれほど感謝しているか、言い表わす言葉が思いつきません。もし、ぼくになにかできることがあったら、いつでも言ってください。ぼくは誓います。あなたの家来となって、なんでもいたします……

デビッド・シンガー

デビッドは手紙を見つめたが、実際は見ていなかった。

「デビッド、アシュレーの話を聞いてやってくれないか?」

デビッドはうなずいた。

「もちろん、話すだけならできますよ。でもぼくは――」

デビッドが言い終わらないうちに、パターソン博士は立ちあがった。

「ありがとう、デビッド」

デビッドは博士が出ていくうしろ姿を見送った。

〈〝なぜ途中で民事なんかに移ったんだね？〟〉

〈なぜかというと、ぼくが大失敗を犯したからです。ぼくが愛した罪のない女性を死なせてしまったんです。自分の手で人を殺すなんて、神に誓ってもう絶対にしません……アシュレー・パターソンの弁護はぼくにはできない……〉

デビッドは内線通話のボタンを押した。

「ホーリー、キンケードさんに電話して、いまお会いできないかどうか訊いてくれないか？」

「はい、かしこまりました」

三十分後、デビッドはジョセフ・キンケードの豪勢なオフィスのドアを開けた。キンケードは六十代の男で、髪の毛も顔色も灰色だった。灰色なのは外見だけでなく、感情も頭の働きも一緒だった。

「やあ、デビッド」

ドア口に現われたデビッドを見てキンケードは言った。

「知らせが待ちきれないんだな。約束は五時のはずだぞ」

デビッドは経営者の机に歩み寄った。

「分かっています。でも、ぼくがおじゃましたのは別の話を聞いていただくためです、ジョセフ」

昔、デビッドは彼を〝ジョセフ〟の略称〝ジョー〟と呼んでしくじったことがある。そのとき老人はこう言って彼をたしなめた。

〝ジョーとは二度と呼ばないでくれ〟

「まあかけたまえ、デビッド」

デビッドはいすに腰をおろした。

「葉巻を吸うかね？　キューバ産だぞ」

「いえ、けっこうです」

「ところで話というのは？」

「じつは、スティーブン・パターソン博士がぼくのところに来て、いま帰ったばかりなんです」

キンケードは首をそらした。

「ほう。今朝ニュースに登場していた話題の人物だ。その人がきみになんの用事だったんだね？」

「博士のお嬢さんの弁護をぼくに引き受けてくれないかって言うんです」

キンケードは意外そうな顔でデビッドを見た。

「しかし、きみは刑事犯罪弁護士ではないじゃないか」

「ええ。ぼくも博士にそう説明したんです」

「まあ、それはそれとして」

キンケードは考えるふうにしながら言った。

「パターソン博士なら顧客として申し分ないな。いろいろ影響力を持った方だし、各種の医療機関とも結びつきがあるようだから、どこの弁護士事務所でも歓迎されるだろう——人選はむずかしくない」

「それに、もうひとつあるんです」

キンケードは首をかしげてデビッドを見た。

「ほう？」

「ぼく自身がお嬢さんの話を聞くって約束したんです」

「なるほど。そうだな。話を聞いたからといってなにも害はない。ぜひきみが行って話を聞いてやりなさい。それとは別に、だれかいい刑事犯罪弁護士を選んで彼女の法廷代理人にしてやるんだ」

「ええ、ぼくもそれがいいと思います」

「よし、決まった。きみはきみで話し合いのほうを進めたまえ。わたしも人選を考えておく」

キンケードはそう言ってにっこりした。

「では、五時に待っているぞ」

「そうでしたね。ありがとうございます、ジョセフ」

自分のオフィスへ戻りながら、デビッドは自問をくりかえしていた。

〈どうしてパターソン博士はぼくに弁護させることにあんなにこだわっているんだ？〉

第十二章

サンタクララの郡刑務所の拘置室で、アシュレー・パターソンはただボーッとなって座っていた。自分がどうしてここに連れてこられたのかを考えるのは、つらすぎてできなかった。妙な皮肉だが、彼女としてはとりあえずは願ったりかなったりだった。なぜなら、牢の鉄格子が、彼女をこんな目にあわせている犯人から守ってくれているからだ。だから、アシュレーは鉄格子を自分の身を包んでくれる毛布のように感じていた。この鉄格子がなければ、すぐさま、あの説明のつかない不気味なストーカーのまえに身をさらさなければならなくなる。牢に入れられるまえから彼女の生活は悲鳴の聞こえる悪夢に変わっていたのだ。アシュレーはいままでに起きた不可解なできごとを頭に思い浮かべた——だれかが家に侵入していたずらして行った……気づいたらシカゴにいたこと……鏡に書かれていた脅迫文……そしてこの、身に覚えがない、身の毛のよだつような犯罪容疑。だれかが背後で彼女を陥れようとしているにちがいなかった。

〈でも、いったいだれが？　どうして？〉

アシュレーにはまるで心あたりがなかった。

話はまえに戻るが、その日の朝早く、看守がアシュレーのところに来て告げた。

「面会人だよ」

看守に連れられて面会室に行くと、父親が彼女を待っていた。

立ったままこちらを見つめる父親の目は悲しみに打ちひしがれていた。

「ハニー……なんて言っていいのか、父さんは——」

アシュレーはつぶやくように言った。

「わたし、言われるようなことはなにもしていません。わたしにどうしてあんな恐ろしいことができるの？」

「分かってるよ。これはなにかの間違いなんだ。だれかが勘違いしてこういうことになったんだ。だから、これからその間違いを自分たちの手でただしていくんだ」

アシュレーは父親を見て、自分がこの父をどうして疑ったりしたのか、その理由を頭のなかで整理しようとした。

父親が話していた。

「……心配しなくていい」

「弁護士も決まった。これからはすべてがうまくいく。デビッド・シンガーという父さんの知り合いの若くて優秀な弁護士だ。彼がここに来るから、そしたらなんでも正直に話して相談しなさい」

アシュレーは父親を見つめながら、絶望して言った。

「そんなこと言ったって、お父さん、わたしには話すことなんて本当になにもないのよ。事件のことなんて、なにも知らないんですから」

「なにがどうあろうと、父さんとしてはおまえを傷つけたくないんだ。おまえはわたしのただひとりの家族なんだからな」

「お父さんだって、わたしにとってのただひとりの家族よ」

アシュレーは消え入るような声でつぶやいた。

父親はそれから一時間もそこにねばってアシュレーを励ましつづけた。父親が立ち去ると、アシュレーの世界はたちまちせまい独房の範囲に縮まった。小さな寝床に身を横たえ、彼女はなるべくなにも考えないようにした。

〈わたしはいま、悪い夢を見ているんだわ……こんなことはすぐ終わる……これは夢なのよ……これは夢なのよ……〉

彼女はいつの間にか眠りに落ちていた。

ふたたび看守の声で起こされた。

「面会人だよ」

面会室に入ると、待っていたのは上司であり親友であるシェーン・ミラーだった。

アシュレーを見て彼は立ちあがった。

「アシュレー……」

アシュレーは胸がドキドキしてきた。

「ああ、シェーン！」

アシュレーがだれかに会ってこんなにうれしいと思ったのは生まれてはじめてだった。いままで心の底のどこかで彼が来て助けてくれるような気がしていた。なぜか、彼ならそれだけの力があるように思えたからだ。

「シェーン、来てくれてうれしいわ！」

「きみの顔が見られて、わたしもうれしいよ」

シェーンの口調はぎこちなかった。彼はうらぶれた面会室をぐるっと見まわしてから言った。

「こういうことはこんな場所じゃないところで言いたかったけどね」

シェーンはちょっとうつむいてから、顔をあげてつづけた。

「ニュースを聞いたときは信じられなかった。いったいどうしたんだい？　なぜそんなことをしたんだ、アシュレー？」

アシュレーの顔からみるみる血の気が引いていった。

「なぜそんなことをしたか——ですって？　あなたはわたしが本当にやったとでも——？」

「その話はよそう」

シェーンはあわてて言った。

「それ以上はなにも言わないほうがいい。自分の弁護士以外にはなにもうち明けないほうがね」

アシュレーは突っ立ったままシェーンを見つめた。

〈この人はわたしが犯人だと信じこんでいる〉

「あなた、ここへなにしに来たの？」

「じつはそのう――こういうときにこんな話をもちだすのはわたしとしてもつらいんだけどね――会社は――きみを解雇することに決めたんだ。というのも……わが社はまだ若くて小さいから、こういうスキャンダルには耐えきれないんだよ。新聞にはすでにきみの職場としてグローバル社の名前があげられているけど、それだけでも大変なダメージなんだ。分かってくれるだろ？　きみに対する個人的な憎しみはまったくないんだ」


サンノゼにむかって車を走らせながら、弁護士のデビッド・シンガーは考えていた。アシュレー・パターソンにどんな切り口で質問を浴びせ、なにを聞きだそうかと。彼としては、とりあえず聞けるだけ聞いたら、その情報をそっくりジェシー・クイラーに渡すつもりだった。ジェシー・クイラーこそ米国一の刑事犯罪弁護士であり、アシュレーを救える人間がいるとしたら彼以外には考えられなかった。

ドーリング保安官のオフィスへ案内されたデビッドは、まず保安官に自分の名刺を差しだした。

「わたしは弁護士です。アシュレー・パターソンに面会するためにここに――」

「彼女はあんたを待ちかねているよ」

デビッドは意外そうな目で保安官を見た。

「わたしを待ちかねているですって？」

「そのとおり」

ドーリング保安官は保安官補に顔をむけてうなずいた。

保安官補がデビッドにむかって言った。

「では、わたしと一緒に来てください」

保安官補はデビッドを面会室に案内した。二、三分もすると、アシュレーが牢から連れてこられた。

アシュレー・パターソンの姿はデビッドには驚きだった。法律学校時代、パターソン博士の送り迎えをしていた当時の印象とはまるで違った人間がそこにいた。あのころの彼女は頭のよさそうなかわいらしい子供だった。ところが、目のまえにいるアシュレー・パターソンは成熟した美女に変身していた。ただ、その目だけは視線が定まらずおびえきっていた。彼女はデビッドにむかいあって座った。

「こんにちは、アシュレー。ぼくは弁護士のデビッド・シンガーです」

「あなたがお見えになるって父から聞いていました」

彼女の声は震えていた。

「二、三訊きたいことがあって、とりあえずおじゃましました」

アシュレーはうなずいた。

「訊くまえに、ひとつ断わっておきます。いまあなたが話すことは、あくまでもぼくとあなたふたりのあいだだけの話です。法廷にもちだされる心配はありません。ですから、ぼくには真実を聞かせてください」

そう言ったものの、デビッドはちょっと迷った。いきなり核心をつくようなことをしていいのだろうかと。だが、ジェシー・クイラーに弁護を引き受けてもらうためには、真実に基づいた情報をできるだけたくさん集めておく必要があった。

「あなたは、言われているように、本当にあの人たちを殺したんですか？」

「いいえ！」

アシュレーの口調には断固たる響きがあった。

「わたしはなにもしていません！」

デビッドはポケットからメモをとりだし、それに目をやった。

「ベッドフォードのジム・クリーリーとは知り合いでしたね？」

「ええ。わたしは――わたしたちは結婚するつもりでした。あの人に危害を与える理由はわたしにはまったくありません。愛していたんですから」

デビッドはアシュレーの様子をちょっと観察してから、ふたたびメモに目を落とした。

「グローバル社のデニス・ティブルとの関係はどうだったんですか？」

「職場が一緒だっただけの関係です。たまたまあの人の家へ寄った夜に、あの人は殺されました。でも、わたしには関係ありません。わたしはシカゴにいたんですから」

デビッドはアシュレーの顔に浮かぶ表情の変化をじっと見守っていた。

「信じてください。わたしにはあの人を殺す動機なんてないんです」

デビッドはうなずいた。

「分かりました」

それからもう一度メモをちらりと見た。

「ケベックシティーの宝石商、ジャン・クロード・パロンとはどんな関係でした？」

「そのことは警察から何度も訊かれました。でも、わたしはそんな人を知りません。聞いたこともない名前です。見たこともない人をどうして殺せるんですか！」

彼女は懇願するような目でデビッドを見つめた。

「分かるでしょ？　これは人違いなんです。わたしは濡れ衣を着せられて逮捕されたんです」

アシュレーはわっと泣きだした。

「わたしはだれも殺していません」

「リチャード・メルトンは？　サンフランシスコの若い画家だそうですけど」

「その人のこともわたしはなにも知らないんです」

アシュレーが自分をとり戻すのをデビッドは辛抱強く待った。

「では、保安官補のサム・ブレークは？」

アシュレーは首を横にふった。

「あの夜、ブレークさんは見張りをしてくれるためにわたしのところに泊まったんです。わたしはだれかにつけ狙われていました。それで泊まってくれるようお願いしたんです。わたしはベッドルームで、ブレークさんは居間のソファの上で寝ました。それなのに——つぎの朝、あの人の死体が裏道で発見されたんです」

　アシュレーは唇を震わせていた。

「どうしてわたしがあの人を殺すんです？　わたしを助けてくれていたんですよ、あの人は！」

　アシュレーの様子を観察していたデビッドは首をかしげた。

〈ちょっと変だぞ〉

　立ちあがりながら彼は言った。

「保安官のところへ行って少し話してから、またお会いしましょう」

〈彼女は本当のことを言っているか、それとも、とんでもない役者かのどちらかだ〉

　二分後、デビッドは保安官のオフィスに来ていた。

「どうだ、容疑者の話は聞けたのかな？」

　ドーリング保安官が言葉をかけてきた。

「どうやらあなたは勇み足を踏んだようですね、保安官」

「どういう意味だね、弁護士さん？」

「逮捕が早すぎたのではないかということです。アシュレー・パターソンは、容疑をかけられている殺人事件に関して、犠牲者のうち二人はまったく知らない人だと言っています。名前を聞いたこともないそうです」

ドーリング保安官の口もとにうすら笑いが浮かんだ。

「あんたもさっそくだまされたな？　おれたちも同じ手でさんざんやられたんだ」

「それはどういうことですか？」

「じゃあ、はっきりしたものを見せてあげよう、弁護士さん」

保安官は机の上にあったファイルを広げ、なかの書類をデビッドに渡した。

「それは検視官報告書と、ＦＢＩの報告書と、ＤＮＡ鑑定結果と、殺されて去勢された男たちに関するインターポールの報告書のコピーなんだ。被害者たちは殺されるまえにある女と性交渉をもっている。女性の体液と指紋が現場に残されていた。常識的には三人の女性がかかわっていたと判断できるところだが、ＦＢＩが証拠を突き合わせた結果、どういうことが分かったと思う？　三人の女性とは、いずれもアシュレー・パターソン本人であるとの結論が出たんだ。彼女のＤＮＡと指紋がいずれの現場にも残っていた」

デビッドは信じられない思いで保安官の話を聞いていた。

「それは――確かなんですね？」

「確かだね。インターポールとＦＢＩと五カ所の検視官事務所があんたの依頼人をハメようとしたなら話は別だがね。そんなことあるはずはないわな、弁護士さん。犠牲者のひとりはわたしの義理の弟なんだ。アシュレー・パターソンは第一級殺人罪で裁かれることになるだろう。有罪は間違いない。ほかになにか?」

「ええ」

デビッドは息を大きく吸いこんだ。

「もう一度アシュレー・パターソンに面会させてください」

アシュレーが面会室に連れ戻された。彼女がドアから入ってくるなり、デビッドは怒りに満ちた声をはりあげた。

「どうして弁護士のぼくにうそなんかつくんだ!?」

「なんですって? うそなんてついていません! わたしはなにもやっていないんです。わたしは——」

「警察側は、あんたを十回でも起訴できるほどの証拠を集めてあるんですよ。本当のことを話すよう、はじめに断わったじゃないですか!」

アシュレーはたっぷり一分間デビッドを見つづけた。口を開いたときの彼女の声は落ちついていた。

「わたしは本当のことを話しました。もうこれ以上言うことはなにもありません」

困ったことになった、とデビッドは思った。

〈彼女は真実を話していると確信している。頭のおかしい人間が相手じゃどうにもならない！　ジェシー・クイラーをひっぱりだすのにどう説得すればいいのやら――〉

「精神分析医と話したい気持ちはあるかな？」

「いいえ、わたしは――ええ。もしそのほうがいいと弁護士さんがおっしゃるなら」

「では、ぼくのほうで手配するから……」

サンフランシスコに戻る道のりでデビッドは考えた。

〈とにかく約束は果たした。彼女の話を聞いたわけだから。真実を話していると彼女が本気で思っているなら、アシュレー・パターソンは狂っていることになる。ジェシーに頼めたら、彼は心神喪失の線で無罪放免を勝ちとってくれるだろう。それで一件落着だ〉

それにしても気の毒なパターソン博士。あれほどいい人が、とデビッドは、博士の人柄のよさをもう一度思いだしていた。


サンフランシスコ・メモリアル病院では、パターソン博士が同僚の医師たちからさかんになぐさめられていた。

「とんだ目にあったな、スティーブン。あんたの世界には基本的に関係ないことだ……」

「あんたの心労を察するに余りあるよ。もしわたしにできることがあったら……」

「最近の子供は分からないね。アシュレーはあんなにいい子に見えたんだがね……」

なぐさめの言葉のひとつひとつに言外の意味がこめられていた。

〝うちの子じゃなくてよかった〟


法律事務所に戻ると、デビッドは事務所のボス、ジョセフ・キンケードの部屋へ急いだ。キンケードは顔をあげるなり言った。

「もう六時すぎだ。でも、わたしは待っててやったぞ。パターソン博士の娘さんには会ったのか？」

「ええ。会って、いま戻ってきたところです」

「彼女の法廷代理人を務める弁護士は見つかったのか？」

デビッドはためらいながら答えた。

「それはまだなんです、ジョセフ。とりあえずは精神分析医に会わせる手はずを整えようと思っています。明日の朝もう一度行って彼女の話を聞くつもりです」

ジョセフ・キンケードはデビッドを見つめて首をかしげた。

「ほう？――そういうことか――困ったな。きみだから正直に言おう。きみがそこまで深入りするとはわたしの計算外だった。言わずもがなだが、こういう醜悪な事件に関係するのはわが法律事務所のイメージには大きなマイナスになる」

キンケードの言うことは午前中の話とはずいぶん違っていた。

「べつに深入りしているわけではありません、ジョセフ。ただ、容疑者の父親に借りがあって、それで約束したことを果たそうと思っただけなんです」

「その約束というのは書面になっているのかね？　そうじゃないんだろ？」

「ええ、書面にはなっていません」

「すると、約束というのは義理だけということになるな」

デビッドはなにか言いかけたが、所長の顔色を見てやめた。

「ええ。言葉だけの約束です」

「パターソン嬢との件がかたづいたら、もう一度わたしのところに戻ってきなさい。その時点で話しあおう」

キンケード所長は〝共同経営権〟にはひと言もふれなかった。

デビッドが帰宅すると、家中がまっ暗だった。

「サンドラ?」

妻の答えはなかった。デビッドが廊下の照明をつけたとたんに、キッチンからサンドラが現われた。彼女はロウソクをともしたケーキを抱えていた。

「びっくりした? 今夜はお祝いよ――」

サンドラは夫の顔色を見て話をやめた。

「どうしたの、あなた? なにかあったの? だめだったの、デビッド? ほかの人が選ばれたのね?」

「いやいや、そういうことじゃないんだ」

デビッドは妻を安心させた。

「そっちのほうは大丈夫さ」

サンドラはケーキを台の上に置いて、夫のそばに寄った。

「なにかいけないことでもあったの?」

「例の件は……ちょっと遅れるだけさ」

「キンケードさんに会うのは今日じゃなかったの?」

「そうだよ。まあ、座ろう。話したいことがあるんだ」

ふたりは長いすに腰をおろした。デビッドが言った。

「予期しないことが起きたんだ。スティーブン・パターソン博士が今朝、突然ぼくを訪ねてきてね」

「へえ！　例のお医者さんが？　それでどうしたの？」

「彼の娘さんの弁護をぼくに引き受けてくれって言うんだ」

サンドラはびっくりした顔で夫を見つめた。

「でも、デビッド……あなたは専門が――」

「分かってるよ。ぼくもそう説得したんだけど、ぼくには刑事弁護士としての経歴もあるからね」

「でも、もう刑事事件は扱っていないんでしょ？　会社専門の法律事務所の共同経営者になる予定だとは話してやらなかったの？」

「いや、そこまでは話せなかった。博士はぼくに引き受けてくれの一点張りで、そんな話のできる雰囲気じゃなかったんだ。ジェシー・クイラーの名前を出そうとも思ったんだが、とても聞いてもらえる状況じゃなくて――」

「いずれにしても、ほかの人に頼むんでしょ？」

「もちろんさ。でも、とりあえず娘さんの話だけは聞いてやると約束して、その約束だけは果たしてきたんだ」

サンドラは背もたれに身を反らした。

「キンケードさんはその件を知っているの？」

「うん、もう話したよ。だけど彼はへそを曲げていた」

デビッドはキンケードの声色をまねて言った。

「〝こういう醜悪な事件に関係するのはわが法律事務所のイメージには大きなマイナスになる〟」

サンドラがため息をついた。

「そうだったの――それで、パターソン博士のお嬢さんってどんな方？」

「医学用語で言うと、彼女は〝フルーツケーキ〟さ」

「わたしは医者じゃないのよ。それはどういう意味？」

「自分が無実だと本気で信じているんだ」

「彼女が無実だっていうこともありえるんじゃない？」

「クパチーノの保安官に証拠を見せられてね。アシュレー・パターソンのＤＮＡと指紋がすべての殺人現場から見つかっているんだ」

「それで、あなたはどうするつもりなの？」

「ロイス・セイラムに電話したさ。ジェシー・クイラーの事務所が使っている精神分析医だけどね。精神分析医にアシュレーの容体を調べさせて、その結果をパターソン博士に報告するつもりだ。パターソン博士のほうでほかの精神分析医に診察しなおしてもらうこともできるし、その結果を担当する弁護士に渡して法廷で有効に使ってもらうこともできる」

「なるほど、そういうこと」

サンドラは、困った顔の夫を見つめながら言った。

「キンケードさんから共同経営者の話は出なかったの、デビッド？」

デビッドは首を横にふった。

「出なかった」

サンドラは明るく言った。

「きっと明日言うつもりなんでしょう」


ロイス・セイラム博士はフロイトひげをたくわえた、背の高いひょろりとした男である。

〈単なる偶然の一致だろう〉

初対面の彼を見てデビッドはそう思った。

〈フロイトを気どるような男じゃなさそうだから〉

「あなたのことはジェシーがよく話していますよ」

セイラム博士はデビッドにそう言った。

「ジェシーはあなたとはウマが合うようですね」

「わたしもそう感じています」

「アシュレー・パターソンのケースは非常に興味深いですな。あきらかにサイコパスによる犯行です。あなたとしては心神喪失の線で進めるつもりですね？」

「じつは、わたしがこのケースを担当するわけではないんです」

デビッドは精神分析医に説明した。

「別の人にやってもらうつもりです。そのまえに彼女の精神鑑定をしておきたいと思いまして」

デビッドは知っていることのおおよそをセイラム博士に話した。

「彼女自身は無実だと言い張っていますが、証拠を見るかぎり、彼女の犯行に間違いありません」

「ではまず、ご婦人の精神状態を拝見するとしましょうか」

催眠セラピーのセッションがサンタクララ郡刑務所の尋問室で行なわれることになった。尋問室にある家具は、長方形の木製テーブルと、やはり木製の四脚のいすだけだった。女性看守に連れてこられたアシュレーは顔色も悪く、とても落ちこんでいるようだった。

「わたしはドアの外で待機しています」

看守はそう言って引き下がった。

デビッドが口を開いた。

「アシュレー、こちらはセイラム先生です。こちらはアシュレー・パターソン」

「こんにちは、アシュレー」

セイラム博士が気軽な口調で言った。

アシュレーは立ったまま、なにも言わずにふたりの男の顔を見比べていた。彼女の落ちつかなそうな様子を見て、部屋から逃げだすのでは、とデビッドは心配になった。

「催眠にかかることに異論はないと弁護士のシンガーさんから聞きましたが」

精神分析医がそう言っても、アシュレーからの返事はなかった。精神分析医はつづけた。

「では、これからわたしがあなたに催眠術をかけますよ。いいですね、アシュレー？」

アシュレーは一瞬両目を閉じ、それからうなずいた。

「ええ」

「それでは、さっそくはじめましょう」

「ぼくは席をはずしたほうがいいんでしょ？」

デビッドが言うと、セイラム博士が顔をあげた。

「ちょっと待ってください」

セイラム博士はデビッドのそばに来て耳もとでささやいた。

「あなたはここにいてください」

デビッドはそこにとどまったが、フラストレーションは募るばかりだった。

〈これ以上深入りしたら困ったことになる〉

ここまで引き込まれるとは。デビッドはそれを事前に読めなかったことを悔やみはじめていた。

〈絶対ここまでにしよう〉

「まあ、いいでしょう」

デビッドはしぶしぶ応じた。彼としてはこんなことはいいかげんに切りあげて、一刻も早くオフィスへ戻りたかった。頭のなかは、このあとにひかえているキンケード所長との会談のことでいっぱいだった。

セイラム博士がアシュレーに言った。

「とりあえず、このいすに腰かけてください」

アシュレーはいすに座った。

「いままで催眠術にかかったことはありますか、アシュレー？」

アシュレーはどう答えるべきか一瞬迷ったが、すぐに首を横にふった。

「いいえ」

「催眠術といっても、べつにどうということはないから心配しなくていいんですよ。ただリラックスしてわたしの声に耳を傾けてくれていればいいんです。あなた自身になんの害もありませんからね。体の緊張を解いて。そうそう、そういうぐあいです。らくにしていてください。ほうら、まぶたが重くなってきた。いままでいろんなことがあったからね。体も疲れている。だから体が重く感じますよ。ほうら、眠くなってきた。目を閉じて、らくにしましょう。だんだん眠くなってくる……とても眠くなってくる……」

アシュレーは十分で催眠状態に入った。セイラム博士はアシュレーのそばに寄った。

「アシュレー、いまあなたはどこにいるか分かりますか？」

「ええ。刑務所のなかです」

彼女の声はまるで遠くから聞こえてくるように妙にくぐもっていた。

「自分がどうして刑務所のなかにいるか、その理由を知っていますか？」

「わたしが悪事を働いたと思われているからです」

「それは本当なんですか？　あなたは本当に悪いことをしたんですか？」

「いいえ」

「アシュレー、あなたはだれかを殺しましたか？」

「いいえ」

デビッドと精神分析医の目が合った。デビッドは意外そうな顔をした。

〈催眠術にかかっている人はなんでも正直に話すはずではないのか？〉

「では、一連の殺人事件の真犯人がだれだか、あなたには見当がつきますか？」

このとき、アシュレーはなぜか顔をゆがめ、呼吸を乱しはじめた。彼女の様子の変化にふたりの男は驚きの視線を交わした。さらに彼女は唇をキッと結び、まるで人が変わったように表情をこわばらせた。背すじをぴんと伸ばしたつぎの瞬間、彼女の顔に生き生きとした表情が現われた。パッと見開いた目は瞳が輝いていた。周囲を驚かさずにはおかない変身である。突然、彼女は陽気な声で歌いだした。アクセントは英国人のものだった。

2ペニーのお米を半ポンド

糖蜜もやはり半ポンド
ようく混ぜて、おいしくつくれ
ほうら、イタチが逃げていく

デビッドはあぜんとして歌声に聞き入った。

〈彼女はだれかのまねをして、だれかをからかっている。いったいだれの?〉

「もう少し質問しますからね、アシュレー」

アシュレーは首をそらし、英国のアクセントで言った。

「わたしはアシュレーではありません」

セイラム博士とデビッドはまたまた視線を交わしてから、アシュレーに顔をむけた。

「アシュレーでないと言うなら、あなたはだれなんですか?」

「トーニ。トーニ・プレスコットよ」

〈アシュレーのやつ、平気な顔でよくもあんなうそがつけるもんだ〉

デビッドはいらいらを募らせた。

〈こんなうそごっこをいつまで続けるつもりなんだ?〉

デビッドの帰社はますます遅れそうだった。

「アシュレー？」

セイラム博士が呼びかけた。

「トーニよ」

〈アシュレーのやつ、どこまでもふざけるつもりなんだ〉

デビッドはいまいましかった。

「分かりましたよ、トーニ。わたしがしたいのは――」

「先にわたしがしたいことを言わせて。このむさ苦しい場所から出たいの。早く出してくれる？」

「それはあなたしだいですよ」

セイラム博士が答えた。

「あなたが知っていることを正直に話してくれれば――」

「あの気どり屋のチビが犯した殺人事件のことね？　わたしが知っているのは――」

アシュレーの表情がふたたび急変しはじめた。デビッドとセイラム博士が見守るなか、アシュレーはいすの上で縮こまった。顔の表情がやわらぎ、見ている人がびっくりするような変態を見せはじめた。やがて彼女は別人の表情を顔に浮かべ、なにごともなかったように話しはじめた。その声はいままでになくやさしくて言葉にはイタリア語のなまりがあった。

「トーニ、もうそれ以上は言わないで、お願い」

デビッドは当惑しながら事のなりゆきを見守った。

「トーニ――」

セイラム博士がアシュレーに一歩近寄った。アシュレーのやさしい声が言った。

「話を中断させてしまってすみませんでした、先生」

セイラム博士が訊いた。

「あなたはだれなんですか？」

「わたしはアレットです。アレット・ピータースです」

〈うひゃあ、まいった。これは演技ではないぞ！〉

デビッドはそのときになってはじめて思った。

〈こりゃあ本物だ！〉

彼は精神分析医がこちらをむくのを待った。セイラム博士は静かな口調で言った。

「〝オルターズ〟です」

デビッドは困惑して精神分析医を見つめた。

「なんですって？」

「あとで説明します」

精神分析医はアシュレーのほうにむき直った。

「アシュレー……あ、アレットだった……そこに――何人いるのかな？」

「アシュレーのほかにトーニとわたしだけです」

アレットが答えた。

「あなたの英語はイタリア語なまりですね？」

「ええ、わたしはローマで生まれましたから。あなたはローマに行ったことがあるの？」

「いや、ありません」

デビッドは驚嘆しながらふたりの会話を聞いていた。

〈自分の耳が信じられない〉

「ローマはとってもいいところよ」

「でしょうとも。ところで、あなたはトーニと仲がいいの？」

「ええ、もちろん」

「あの人は英語を英国アクセントで話しますよね？」

「トーニはロンドンで生まれたからよ」

「そうですよね、アレット。殺人事件についてすこし聞きたいんだけど。犯人に心あたりは――？」

アシュレーの顔と個性が目のまえで変わっていくのをふたりは見守った。彼女はなにも言わなかったが、彼女が今度はトーニになることをふたりは予想できた。

「あなたたち、あの子にいくら訊いても無駄よ」

口調は例の英国なまりになっていた。

「アレットはなにも知らないのよ。あなたたちは、なにか知りたいならわたしに訊くべきよ」

「分かりました、トーニ。では、あなたに訊くことにします」

「そのほうがいいわ。でも、わたしはいま疲れているの」

彼女はあくびをした。

「あの気どり屋のおかげで昨日は一睡もできなかったから。わたし、少し眠らなくちゃ」

「わたしたちにちょっとだけ協力してくれればいいんです――」

彼女の顔が急にこわばった。

「なぜわたしが協力しなければいけないの？　あのお体裁屋がわたしとアレットになにをしたと思ってるの？　あの子がいるおかげでわたしたちはぜんぜん楽しめないのよ。もう、うんざり。あの子の顔も見たくない。わたしの言うことを聞いてるの？」

アシュレーは顔をゆがめて叫んでいた。とても苦しそうな表情だった。

それを見てセイラム博士が言った。

「催眠を覚まそう」

デビッドは汗びっしょりだった。

「そのほうがいい」

精神分析医は身をかがめて口をアシュレーの耳もとに近づけた。

「アシュレー……アシュレー……なにも心配いらないよ。さあ、目を閉じて。まぶたがとっても重いね。ほうら、とっても重い。あなたはいまとてもリラックスしている。精神は平静で、体はほぐれていきます。五つかぞえると目を覚ましますからね。らくにしていましょう。一……」

精神分析医はデビッドのほうを見てから、アシュレーにむき直った。

「二……」

アシュレーはもぞもぞと動きはじめた。ふたりは彼女の何度めかの変態を見守った。

「三……」

アシュレーの顔の表情がやわらいだ。

「四……」

彼女が本来のアシュレーに戻る瞬間が分かった。見ているデビッドにはなんとも説明しがたい妙な感じだった。

「五！」

アシュレーは目を開けると、部屋のなかをぐるっと見まわした。

「わたし――眠っていたんですか？」

デビッドはあっけにとられ、その場に立ち尽くして彼女に見入った。

「そうですよ」

セイラム博士がアシュレーの疑問に答えた。

アシュレーがデビッドに顔をむけた。

「わたし、なにか話しました？……お役に立てました？」

〈なんということだ！〉

デビッドは所長との会談を忘れるほど驚いていた。というよりも、見せられた事実の不思議さに打ちのめされていた。

〈彼女は知らないんだ！　本当に知らないんだ！〉

デビッドは彼女に答えた。

「よくやってくれたよ、アシュレー。セイラム先生と少しふたりだけで話したいんだ」

「ええ、どうぞ。じゃあ、またね」

男ふたりは女性看守に連れていかれるアシュレーを見送った。

デビッドがいすにドカッと座りこんだ。

「いったい——どういうことなんですか、これは？」

セイラム博士は息を大きく吸いこんだ。

「わたしが精神分析医になって以来、これほどはっきりした症状の患者を診るのははじめてです」

「なんの患者ですって？」

「ひとりの肉体に複数の人格が宿る症状です。〝多重人格障害〟と呼ばれています。二百年以上にわたってホラー小説のテーマになっている精神病です。子供時代の心の傷が原因になることが多いのです。犠牲者は、負わされた心の痛みを、自分のなかに別の人格をつくることでおおい隠そうとします。ひとりで十人以上の人格を持つ患者もいるくらいです」

「それでは、その多重の人格はおたがいに認知しあっているんですか？」

「ええ、そういう場合もあります。もちろん、まったく知らないこともあります。アシュレーの場合、トーニとアレットは知り合いです。アシュレーは明らかにどちらのことも知りません。体に宿る別人は宿主が心の痛みに耐えかねてつくりだすものです。ある種の現実逃避です。新しいショックに耐えかねるたびに新たな別人が生まれます。同じ肉体のなかに、愚かな別人もいれば、冴えた別人もいます。言語も言葉づかいも違います。当然、各自の趣味も個性も違ってきます」

「こういうことは——よくあるんでしょうか？」

「ある研究によると、総人口の一％は、程度の差こそあれ、多重人格障害にかかっていて、病院や施設に入れられている精神病患者の約二〇％は多重人格障害を患っているそうです」

そう言われても、デビッドにはまだ分からないことだらけだった。

「でも、アシュレーはあんなに正常に見えて、しかも——」

「普通は正常に見えるものです。別の人格が体を乗っとってはじめて異常が分かるんです。多重人格者でも仕事はできるし、家庭を持って完全に正常な人生を送ることができます。しかし、そのあいだもつねに別の人格に取って代わられる危険をいだいているわけです。別の人格が体を支配するのは、一時間のときもあれば、一日のときも、一週間とつづくときもあります。もとに戻ったとき宿主は、別の人格に体を支配されていたときの記憶をなくしています」

「するとアシュレーは、つまり宿主は、ほかの人格がした行為についての記憶はないわけですね？」

「そのとおり。記憶はまったくないはずです」

デビッドは呪文をかけられたように動けなくなった。事務所に戻るのがいよいよ遅くなりそうだった。

〈いいや。所長のところへは明日行けば〉

「多重人格障害のもっとも有名な例として、ブライディー・マーフィーの場合があります。この問題に大衆の関心を集めた最初の例ということができるでしょう。それ以来、同じようなケースはかぞえきれないほどありましたが、現実は言われるほどはっきりしたものではありません」

「まったく――信じられないことです」

「わたしもこの問題に長いこと魅せられてきました。例はさまざまですが、どんな場合でも決して変わることのない共通項があります。たとえば、別人格はよく宿主と同じイニシャルを使います――アシュレー・パターソン……アレット・ピータース……トーニ・プレスコット……」

「〝トーニ〟はちょっと違うのでは――?」

デビッドはそう言いかけたが、すぐに気がついた。

「ああ、そうか。〝トーニ〟は〝アントワネット〟の略称だったのか!」

「そのとおりです。これをわれわれは〝オルター(別人格)のエゴ〟と呼んでいます」

「なるほど」

「ある意味で、わたしたちはだれもがこの〝オルターのエゴ〟、あるいは多重人格を多少なりと持っています。やさしいはずの人が残忍な行為に出たり、残酷な人がやさしいことをしたりするのがその例です。人間の感情の起伏には限度というものがありません。〝ジキル博士とハイド氏〟はフィクションですが、事実に基づいてつくられています」

デビッドの頭は急回転していた。

「もしアシュレーが殺人を犯していたのなら……」

「知らずにやったことになります。実行犯は彼女のなかの別人格です」

「なんということだ！　そんなことを法廷で説明して、通りますかね？」

精神分析医は意外そうな顔でデビッドを見た。

「でも、あなたが弁護を担当するわけではないんでしょ？」

デビッドは首を横にふった。

「それはそうです。でも、まだはっきりしたことは言えません。この時点でぼくは――ぼく自身、多重人格障害になったみたいな気分ですよ」

そう言ったきり黙りこんだデビッドがやがて口を開いた。

「この病気は治せるんですか？」

しばらく沈黙がつづいた。

「自殺率がきわめて高いんです」

「アシュレーはそのことをなにも知らないんですね？」

「そのとおりです」

「先生としては――先生は病気のことを彼女に説明するんですか？」

「もちろん、しますよ」


「そんなこと、うそです！」

彼女の声は悲鳴だった。アシュレーは恐怖で顔を引きつらせ、独房の壁に身をすり寄せて縮こまっていた。

「うそです！　やめてください！」

セイラム博士は落ちついて言った。

「本当なんです、アシュレー。この事実は直視しなければいけません。わたしが説明したとおり、起きたことはきみの責任ではないんです。わたしが――」

「わたしに近寄らないで！」

「さあ、そんな分からず屋なことは言わないで」

「わたしは死にたいんです！　死なせてください！」

アシュレーは泣きだすと、止まらなくなった。

帰るとき、セイラム博士は女性看守の耳もとでささやいた。

「鎮静剤を与えて、自殺の予防処置をとったほうがいいと思います」


デビッドはパターソン博士に電話した。

「お話ししたいことがあります」

「きみからの電話を待っていたんだよ、デビッド。アシュレーには会ってくれたんだね？」

「ええ、会いました。そのことなんですが、どこかでお会いできませんか？」

「わたしのオフィスに来てくれるかね？」


サンフランシスコに戻りながらデビッドは考えていた。

〈この弁護を引き受けたら、ぼくには失うものが大きすぎる。どう考えたって引き受けるの

は無理だ。優秀な刑事犯罪専門の弁護士を見つけてやろう。それでこの件とはおさらばさせてもらおう〉

部屋に入ってきたデビッドを見て、博士は開口一番に言った。

「アシュレーの話は聞いてくれたんだね？」

「ええ」

「元気だったかな？」

デビッドはため息をついた。

〈なんと答えたらいいんだろう？〉

「博士は多重人格障害についてご存じですか？」

パターソン博士は顔をしかめた。

「通り一遍のことは知っているけど……それが……？」

「ひとり以上の人格が——つまり〝オルター〟が——ひとりの体の中に宿って、本人の知らないあいだに宿主の体をコントロールする精神障害です。お嬢さんは多重人格障害にかかっています」

パターソン博士は仰天した。その様子がデビッドを見つづける目に表われていた。

「なんだって？――そ、そんなことは信じられない。きみの言っていることは確かなのか？」

「アシュレーが精神分析医の催眠にかけられて話すのをこの耳で聞きました。彼女は体のなかにふたつの〝オルター〟を持っています。体が〝オルター〟に支配されることがたびたびあったようです」

デビッドはしだいに早口になっていた。

「保安官が証拠を見せてくれました。彼女が殺人を犯したことに疑問の余地はありません」

パターソン博士ががっくりと肩を落とした。

「するとあの子が――あの子は有罪というわけか？」

「いえ、そういうことにはならないと思います。意識して殺人を犯したわけではないからです。彼女は体に存在する別の〝オルター〟の支配下にあったのです。アシュレーとしてはそのような殺人を犯す理由はありませんでした。動機もないはずです。自分の体がコントロールできなかっただけです。したがって、告発する州側が動機や殺意を証明するのはとても不可能でしょう」

「すると、きみの弁護はその点をついて進める――」

デビッドは博士を制した。

「彼女の弁護をするのはぼくではありません。この件のためにジェシー・クイラーをひっぱりだそうと思っています。彼は刑事犯専門の弁護士で、その実績はおそらく国一番でしょう。かつてのぼくの同僚です。彼なら――」

「いや、それはだめだ！」

パターソンの口調は厳しかった。

「あの子の弁護はきみにやってもらう」

デビッドは辛抱強く説明した。

「分かってください。ぼくでは力不足です。彼女に必要なのは――」

「まえにも話したとおり、わたしが信頼できる弁護士はきみだけなんだ。わたしにとって、あの子は世界のすべてだ。きみの手で救ってやってほしい」

「ぼくにはできないことなんです。それだけの資格が――」

「そんなはずはない。以前きみは刑事犯罪弁護士をやっていたじゃないか」

「ええ。でも、いまのぼくは――」

「いや。ほかの弁護士ならわたしは断わる」

パターソン博士がいまにも癇癪《かんしゃく》を起こしそうなのをデビッドは雰囲気で感じた。

〈なんて頑固な人なんだろう。まるでだだっ子みたいだ〉

デビッドはとりあえずもう一度説得しようとした。

「ジェシー・クイラーは米国一の――」

パターソン博士はいすから身を乗りだした。その赤く染まった顔から、彼が頭に血をのぼらせているのが分かった。

「あのな、デビッド。きみにとって、きみのお母さんの命がどれほど重かったか分かっているだろ？　アシュレーの命もわたしにとっては同様に重いんだ。きみはあのとき、わたしに助けを求めてきて、きみのお母さんの命をわたしにあずけた。今度は、わたしがきみの助けを求めて娘をきみの手にゆだねる番だ。アシュレーの弁護を引き受けてもらいたい。きみはわたしに借りがあるはずだぞ」

〈いや、ぼくは絶対に説得されないぞ！〉

デビッドは必死になって自分に言い聞かせた。

〈いったい博士はどうしてしまったんだ？〉

断わるための言いわけが一ダースほどデビッドの頭に浮かんだ。だが、そのすべてが博士の発したひと言で吹き飛ばされてしまいそうだった。

〈〝わたしに借りがあるはずだぞ〟〉

これが最後のつもりで、デビッドはもう一度言ってみた。

「あのですね、パターソン博士――」

「デビッド。イエスなのか、ノーなのか？」

第十三章

デビッドが帰宅すると、サンドラが彼の帰りを待ちわびていた。

「お帰りなさい、ダーリン」

デビッドは妻を抱き寄せて思った。

〈おれは果報者だ。こんな美人妻を抱けて。妊娠している女性が美しくないなんて、どこのバカが言ったんだ?〉

サンドラが興奮ぎみに言った。

「赤ちゃんが今日も蹴ったのよ」

彼女は夫の手をとって自分のお腹に当てた。

「どう、中で動いているのが分かるでしょ？」

しばらくしてからデビッドが答えた。

「変だな。ぼくがさわると隠れちゃうみたいだ。お父さんにそっぽをむく悪い子だ」

サンドラは笑った。

「ああ、それから、クラウザーさんから電話があったわよ」

「クラウザー？」

「不動産屋さんよ。書類ができたからサインしてもらいたいんですって」

デビッドは急に気が重くなった。

「ああ、その件ね——」

「あなたに見せたいものがあるの」

サンドラの口調は熱っぽかった。

「ちょっとここにいてね」

急ぎ足で寝室に入っていく妻のうしろ姿を見ながらデビッドは思った。

〈さあ、どっちにするか？　どちらかに決断しなきゃ〉

サンドラがいろいろな壁紙のサンプルをかかえて部屋に戻ってきた。

「育児室はブルーにして、居間はあなたの好きな青と白で統一しようと思うの。どの壁紙がいいかしら？　明るめのほう？　それともこの濃いブルーのほうがいい？」

デビッドは自分を励まして話題に意識を集中させた。

「明るいほうがいいと思うけど」

「わたしもそう思うわ。でも問題があるのよ。じゅうたんの色がダークブルーになる予定だから、はたして明るい色でマッチするかしら？」

〈共同経営者の地位をあきらめるわけにはいかない。今日まで身を粉にして働いてきたのもそのためだったではないか。共同経営者。その意味するものはあまりにも重い〉

「デビッド、壁紙の色は明るいブルーでじゅうたんとマッチすると思う？」

デビッドはハッとして妻の顔を見た。

「えっ、なんだって？　ああ、そうだったね。きみがいいと思うほうを選んだらいいよ」

「わたし、もううれしくて天にものぼるような気持ちよ。すばらしい住まいになるわ」

〈共同経営者にならなかったら、とても手が出せる物件ではないんだ〉

サンドラがせまい部屋を見渡した。

「このなかにも使える家具はあるけど、新しいのをそろえたほうがいいと思うの」

サンドラは甘えるように夫を見つめた。

「ねえ、なんとかなるんでしょ、ダーリン？　途中で中止なんて、わたし、いやよ」

「大丈夫だよ」

デビッドはうわの空で答えた。

サンドラは夫の肩に首をのせてじゃれた。

「新しい人生がはじまるみたい。〝赤ちゃん〟に〝共同経営者〟に〝ペントハウス〟。わたし、今日もあそこへ行ってみたの。遊び場と学校を見ておきたかったから。遊び場はとてもきれいなところよ。滑り台もブランコもジャングルジムもそろっているの。土曜日になったら一緒に行って見てみない？　ジェフリーもきっと喜ぶわよ」

〈事務所にとってもいいことだ、とキンケードを説得できるかもしれない〉

「学校もよさそうよ。わたしたちのコンドミニアムから道ふたつ離れたところにあるの。あまり大きくなくて、そこがいいわ」

〈〝わたしたち〟のコンドミニアム？〉

妻の話はいやでもデビッドの耳のなかに入ってきた。

〈こいつをがっかりさせるわけにはいかない。夢をとりあげたら彼女はどうなってしまうだろう。明日の朝一番でキンケード所長に話そう、パターソン博士の件ははっきり断わると。彼が別の弁護士を見つければすむことなんだ〉

「そろそろ支度したほうがいいな、ダーリン。クイラー夫妻には八時に会うことになっているから」

いまが真実を話すチャンスかもしれない。そう感じてデビッドは緊張した。

「ちょっと話したいことがあるんだ、サンドラ」

「なあに？」

「今朝、アシュレー・パターソンに会いに行ったんだよ」

「へえ、そうだったの？ それでどうなの、その話？ やはり彼女が犯人なの？ あんな恐ろしいことを彼女が本当にやったの？」

「答えとしては〝イエス〟とも〝ノー〟とも言えないな」

「いかにも弁護士くさい言い方ね。どういうことなの、それは？」

「彼女は殺人を犯しているかもしれないが……有罪とは言いがたい」

「なんなの、それ？」

「アシュレーは病気なんだよ。病名は〝多重人格障害〟。彼女の人格はふたつに引き裂かれていて、彼女自身、自分のしていることにぜんぜん気づいていないんだ」

サンドラは目を大きく見開いて夫を見つめた。

「怖いわ」

「彼女の体にはほかにふたつの人格が入りこんでいる。ぼくはその人たちの話も聞けた」

「その人たちの話を聞いたですって？」

「そのとおり。ちゃんとした本物の人格だ。彼女が演技しているわけでは決してない」

「それでも彼女はなにも知らずに、自分としては――」

「そうなんだ。彼女自身はほかの人格についてはなにも知らない」

「だとすると、彼女は無罪になるわけ？」

「それを決めるのは法廷さ。パターソン博士はジェシー・クイラーとは話し合おうとしないだろうから。ぼくのほうでほかの弁護士を見つけて、その線で納得してくれるよう説得しなくちゃね」

「でも、ジェシーなら理想的じゃないの。なぜ博士がジェシーに頼まないと思うの？」

デビッドは答えるのをためらった。

「博士はぼくに弁護を引き受けてくれってきかないんだ」

「それはもちろん断わったんでしょ、あなた？」

「もちろんさ」

「それなのに、あなたにやれって言うの？」

「そうなんだ。ぼくの言うことを聞こうとしないんだ」

「博士はなんて言ってるの、デビッド？」

デビッドは首を横にふった。

「それはどうでもいいことさ」

「いいえ、わたしは聞きたいわ。博士はなぜあなたにさせたがるの？」

デビッドはためらいがちに少しずつ話しはじめた。

「ぼくが博士を信頼して母さんの命をあずけた。そして博士は母さんを救った。今度は博士がぼくを信頼して娘の命をあずけるから、ぼくが彼女を救う番だというんだ」

サンドラは夫の表情を観察した。

「それであなたに、やれる自信があるの？」

「それはやってみないと分からないさ。キンケード所長はぼくがこの件を引き受けることに反対している。もし引き受けたら、ぼくは共同経営者の権利を失うかもしれない」

「まあ！」

ふたりのあいだに長い沈黙が流れた。

ようやく口を開いたデビッドが言った。

「ぼくの選択肢はふたつある。パターソン博士には〝ノー〟と言って法律事務所の共同経営者になる。か、それとも、アシュレーの弁護を引き受けて、たぶん無報酬だろうけどね、結果を待つかのどちらかだ」

サンドラは話を黙って聞いていた。

「アシュレーの件を扱うのに適した弁護士がほかにいくらでもいるのに、彼女のおやじさんは何かにこだわってほかの人に頼もうとしないんだ。どうして彼がそんなにかたくななのか、ぼくにはその理由が分からない。もしこのケースを引き受けたら、ぼくは共同経営者の地位を失う。そうなったら転居もあきらめなければならない。そのほかぼくたちが計画していたことは全部おじゃんになるんだよ、サンドラ」

夫をまっすぐ見つめていたサンドラが意外なこと、いや、いかにも彼女らしいことを言いはじめた。声はとても落ちついていた。

「わたしたちが結婚するまえ、あなたがよく話していたわ。世界一忙しい高名な博士が時間をさいて無一文の青年を救ってくれたって。博士はあなたのヒーローなはずよ、デビッド。息子が生まれたら、スティーブン・パターソン博士のような人間に育てたいっていつも言っていたじゃないの」

デビッドはうなずいた。彼女の話はつづいた。

「それなのにあなたは迷っているの？」

「明日の朝一番でキンケード所長に会うつもりだ」

サンドラは夫の手をとって言った。

「それほど年月がかかることじゃないはずよ、デビッド。パターソン博士があなたのお母さんを救ったんでしょ。今度はあなたが博士のお嬢さんを救う番よ」

妻は部屋を見渡して顔をほころばせた。

「この部屋をブルーと白で模様替えすればいいわ」

デビッドはなにも言わずに妻の顔を仰いだ。

〈ああ、サンドラ。おれはおまえのこういうところに惚れて結婚したんだ〉


ジェシー・クイラーは国有数の刑事犯専門の弁護士である。長身で飾らない彼は、いつも西部劇ふうのホームスパンのジャケットをはおり、そのダサさを計算したような独特の風貌で米国中に知られている。自分たちと同じような格好の弁護士の姿に陪審員たちは親しみを覚え、つい味方になりたいと思ってしまうのだ。それも彼がめったに負けない理由のひとつであることは確かだが、本当の理由は、彼の頭のよさと、写真的な記憶力の正確さにある。

夏休みは、休暇をとるかわりに、ゼミを開いて学生たちに法律の実際を教える。何年もまえになるが、デビッドもそのゼミに参加したことがある。

法律学校を卒業するとき、デビッドはクイラーに呼ばれ、彼の刑事犯専門法律事務所に入らないかと誘われた。二年後、デビッドはクイラーの事務所の共同経営者になっていた。刑事弁護士の仕事が好きだったから、彼の業績は群を抜いていた。それなのに、デビッドは、共同経営者になってから三年後に突然辞職して、キンケード・ターナー・ローズ・リプリー法律事務所に移ってしまった。仕事も、刑事弁護士から民事専門にくら替えしていた。

法律事務所は辞めたものの、デビッドとクイラーの友達づき合いはそのままつづいた。おたがいにワイフ同伴での週に一度の会合を楽しんできた。

クイラーは昔から、背の高いほっそりとしたブロンドの都会的な女が好きだった。その彼が、エミリーに出会ってからすっかり彼女にイカれてしまったのだ。エミリーはアイオワの田舎から出てきたでっぷりした女で、髪の毛も金髪とはいいがたい灰色だった。クイラーがかつて熱をあげた女たちとは正反対のタイプである。世話好きで、いかにもおふくろさんといった感じだった。似合いのカップルとは程遠かったが、結婚生活はうまくいっていた。ふたりともおたがいに愛しあっていたからだ。

シンガー夫妻とクイラー夫妻は毎週火曜日に会うのをおたがいの約束ごとにしてきた。一緒に食事したあとは決まって〝リバプール〟と呼ばれる複雑なカードゲームをして盛り上がる。

ヘイズ通りに建つクイラーの豪邸に到着したシンガー夫妻は、玄関口まで出ていたジェシー・クイラー本人に迎えられた。

クイラーはサンドラの肩に腕をまわして言った。

「さあ、中へ入って。シャンペンを冷やして用意しておいたからね。今日こそ祝わなくちゃ。〝ペントハウス〟と〝共同経営権〟に。それとも〝共同経営権〟と〝ペントハウス〟かな？」

デビッドとサンドラは顔を見合わせた。

「エミリーはお祝いの夕食をつくるためにキッチンに入りきりなんだ」

クイラーは若い夫妻の顔を見比べた。

「お祝いの夕食のはずだけど、なにか不都合でもあるのかな？」

デビッドが答えた。

「じつはね、ジェシー。ちょっと問題がもちあがって――」

「さあ、とにかく中に入ろう」

三人は玄関ホールを通りぬけ、居間に入った。

「なにをお飲みになるかな？」

クイラーはそう言ってサンドラの顔をのぞきこんだ。

「いいえ、それは遠慮します。赤ちゃんに悪い習慣をつけられると困るから」

「そういうわけだな。それにしても、きみたちのような両親から生まれるなんて、なんてラッキーな子なんだ」

クイラーは温かくそう言うと、デビッドのほうをむいた。

「なにをつくろうか？　いつものでいいかな？」

「いや、いまはちょっと遠慮します」

デビッドはつくり笑いして答えた。

サンドラはキッチンへむかって歩きだした。

「わたし、エミリーの手伝いをするわ」

「まあ、かけてくれ、デビッド。深刻そうな顔をしてるじゃないか」

「どうしていいか困っているんです」

デビッドは窮状を認めた。

「分かった。ペントハウスのことか共同経営権のことだな？」

「じつは、その両方なんです」

「両方？」

「そうなんです。パターソン事件のことは知っていますね？」

「アシュレー・パターソンだな？　もちろん知ってるよ。それとこれと、どう関係あるんだい？」

そう訊いてから、彼はつづけた。

「ちょっと待てよ。たしかきみは講習会でわたしに話してくれたことがあったな。スティーブン・パターソン博士に母親の命を救ってもらったとか？」

「そう、そのパターソン氏です。彼が娘の弁護をぼくに引き受けてくれってきかないんです。権威者のあなたにお出まし願おうかと思ったんだけど、ぼくじゃないと絶対だめだってパターソン博士が言い張るんですよ」

クイラーが顔をしかめた。

「きみが刑事犯罪弁護士から足を洗ったということを博士は知らないのかね？」

「知ってるくせに、ぼくにやれって言い張るから、そこが妙なんです。ぼくなんかよりずっとましな弁護士がたくさんいるのにですよ」

「きみがかつては刑事犯罪弁護士だったことを博士は知っているんだな？」

「ええ、そうなんです」

ジェシー・クイラーは慎重な言いまわしで言った。

「博士は自分の娘のことをどんなふうに思っているのかな？」

〈変な質問だな〉

デビッドはそう思いながら答えた。

「世界でいちばん大切なものと思っていますよ」

「分かった。だとして、この件をきみが引き受けて問題になるのは――」

「問題は、ぼくが引き受けるのに所長のキンケードが反対していることです。それでももし引き受けた場合はおそらく共同経営権はもらえないんじゃないかと思っています」

「なるほど。それでペントハウスが問題になるわけか」

答えるデビッドは腹立たしげだった。

「ペントハウスだけじゃなくて、ぼくの全未来が問題になるわけです。こんなものを引き受けたらぼくはバカを見ますよ。本当の大バカをね」

「それが分かっているなら、なぜそんなにいきり立つんだい？」

デビッドは息を大きく吸いこんだ。

「結局引き受けるつもりだからです」

クイラーはにっこりした。

「それはまたどうして？」

デビッドはひたいを手の甲でぬぐった。

「もしぼくが依頼を断わって、博士の娘さんが有罪で処刑されるようなことがあったら、ぼくはおそらく一生自分を嫌悪しながら生きていかなければならないでしょう」

「なるほど。サンドラはその件をどう受けとめているのかな？」

デビッドは無理に笑みをつくった。

「彼女のことは先輩もご存じでしょう？」

「うん。するとサンドラは、きみを引き受けるほうにけしかけたんだな？」

「そのとおりです」

クイラーは身を乗りだした。

「わたしにできることはなんでもしてきみを応援するぞ、デビッド」

デビッドはため息をついた。

「そう願えればいいんですが。最後までひとりでやるというのが博士との約束なんです」

クイラーは顔をしかめた。

「めちゃくちゃな話だね」

「そうなんですよ。ぼくがいくら説明しようとしても、博士は耳を貸さないんです」

「そのことはキンケード所長には話したのかい？」

「彼とは明日の朝また会うことになっています」

「それで、話はどうなる見込みなんだい？」

「だいたい予想はつきます。所長は引き受けるなと言うでしょう。それでもぼくがやると言い張ったら、おそらく事務所の籍を抜いてからやるように言われるんだと思います」

「明日、昼食を一緒にしよう。一時に《ルビコン》でどうだ？」

デビッドはうなずいた。

「いいですよ」

エミリーがタオルで手をふきながら入ってきた。デビッドもクイラーも立ちあがった。

「ハロー、デビッド」

そう言って近寄ってきたエミリーのほおにデビッドは軽くキスした。

「お腹すいたでしょ？　食事の用意がもうすぐできますからね。いまサンドラに手伝ってもらっているの。本当に憎めないわ、あの人」

エミリーはトレーをとりあげ、急ぎ足でキッチンへ戻っていった。

クイラーがデビッドに顔をむけた。

「きみたちはわたしたち夫婦にとっても大切な存在だ。だから、ひとつアドバイスをさせてくれ」

クイラーはひと呼吸おいてから言った。

「それだけは断わったほうがいい」

デビッドは黙ったまま、なにも言えなかった。

「そんな古い約束に縛られる必要はないと思う。殺人が起きたからって、きみの責任じゃないんだ」

デビッドは先輩弁護士の顔をじっと見つめた。

「ぼくの責任なんですよ、ジェシー。ぼくが彼女を殺したんです」


デビッドはまたまた白昼夢を見なければならなかった。違う時間の違う場所。話は最初からスタートする……はっきりした〝プロボノのケース〟、つまり、無報酬でも公共の利益のために引き受けるべき事件だった。デビッドは自分から共同経営者のジェシー・クイラーに申し出た。

「ぼくがやります」

若くて美人のヘレン・ウッドマンは富豪の義母殺しの容疑で拘置されていた。義母とヘレンの仲が険悪なのは世間に周知の事実だった。しかし、ヘレンの容疑を裏づけるものは状況証拠のみだった。拘置所で容疑者の話を聞いたデビッドはその場で彼女の無実を確信した。面会を重ねるうちに、彼はしだいにヘレン・ウッドマンに惹かれていった。そして、最終的には、弁護士としての基本的ルールを破ることになってしまった。依頼人に恋してはいけないというルールを。

裁判は理想どおりに進行していた。デビッドは検事があげてくる証拠を一つ一つつぶしていった。おおかたの陪審員を容疑者の味方につけるのにも成功していた。それが思わぬところで破たんすることになった。事件が起きた時刻のヘレンのアリバイは友達と劇場にいたというものだった。が、法廷での証人尋問中に、彼女の友達がアリバイはうそだと認めてしまったのだ。しかも、別の証人は、殺人が起きた時刻にヘレンを現場近くで見たとまで証言した。この一件でヘレンの信用は総崩れになってしまった。結果として、陪審員たちは彼女の第一級殺人罪の評決を行ない、判事は死刑を宣告した。デビッドは自暴自棄になって荒れた。

「どうしてこんなことをしてくれたんだ、ヘレン⁉」

デビッドは被告人をなじった。

「どうしてぼくにうそなんかつくんだ⁉」

「わたしは義母を殺してないわ、デビッド。彼女のアパートを訪ねたとき、あの人は床に倒れて死んでいたのよ。でも、そう言ってもみんなには信じてもらえないと思って——劇場に行っていたってつくり話をしてしまったの」

顔に苦々しい表情を浮かべながらデビッドは黙って聞いていた。

「これはみんな本当の話よ、デビッド」

「さあ、どうかな」

デビッドはそう言い捨てると、くるりと背中をむけてすたすたと立ち去ってしまった。

その夜の何時かに、ヘレンは自殺を遂げた。真犯人がいたと分かったのはそれから一週間後だった。元服役囚が強盗の現行犯で捕まり、ヘレンの義母殺しを自白したのだ。

つぎの日、デビッドはジェシー・クイラーの法律事務所を辞職した。クイラーは止めようとした。

「きみの責任では決してないぞ、デビッド。彼女がきみにうそをついていたのは事実だ——」

「そこなんですよ、問題なのは。ぼくが彼女にうそをつかせたようなものだからです。ぼくは弁護士としての義務を果たしていなかった。彼女のうそを見抜こうともせずに鵜呑みにしてしまったんです。そのために、結局、彼女はああいうことになりました——彼女が死んだのはぼくの責任なんです。ぼくが殺したんです」

デビッドがキンケード・ターナー・ローズ・リプリー法律事務所で働くようになったのはそれから二週間後のことだった。

〈だれかの命をあずかるような仕事はこんりんざい引き受けまい〉

そのときデビッドは胸に誓った。

その彼がいまアシュレー・パターソンの弁護をはじめようとしている。

〔下巻につづく〕

「ゲームの達人」上下計７００万部を始め、発行部数の日本記録を更新し続けるアカデミー出版の超訳シリーズ！

シドニィ・シェルダン作

逃げる男
空が落ちる
顔
女医
陰謀の日
神の吹かす風
星の輝き
天使の自立
私は別人
明け方の夢
血族
真夜中は別の顔

時間の砂
明日があるなら
ゲームの達人

ダニエル・スティール作

落雷
長い家路
最後の特派員
つばさ
五日間のパリ
贈りもの
無言の名誉
敵意

二つの約束
幸せの記憶
アクシデント

ジョン・グリシャム作

召喚状
裏稼業

ニコラス・スパークス作

奇跡を信じて

ディーン・クーンツ作

何ものも恐れるな
生存者
インテンシティ

シドニィ・シェルダン次回作
独裁者
THE DICTATOR

新書判
よく見る夢 (上)

二〇〇四年四月一日 第一刷発行

著者 シドニィ・シェルダン
訳者 天馬龍行

発行者 益子邦夫
発行所 ㈱アカデミー出版
東京都渋谷区鉢山町15－5
郵便番号 一五〇－〇〇三五
電話 〇三(三四六四)一〇一〇
FAX 〇三(三四七六)一〇四四
〇三(三七八〇)六三八五

印刷所 大日本印刷株式会社

ISBN4-86036-019-2